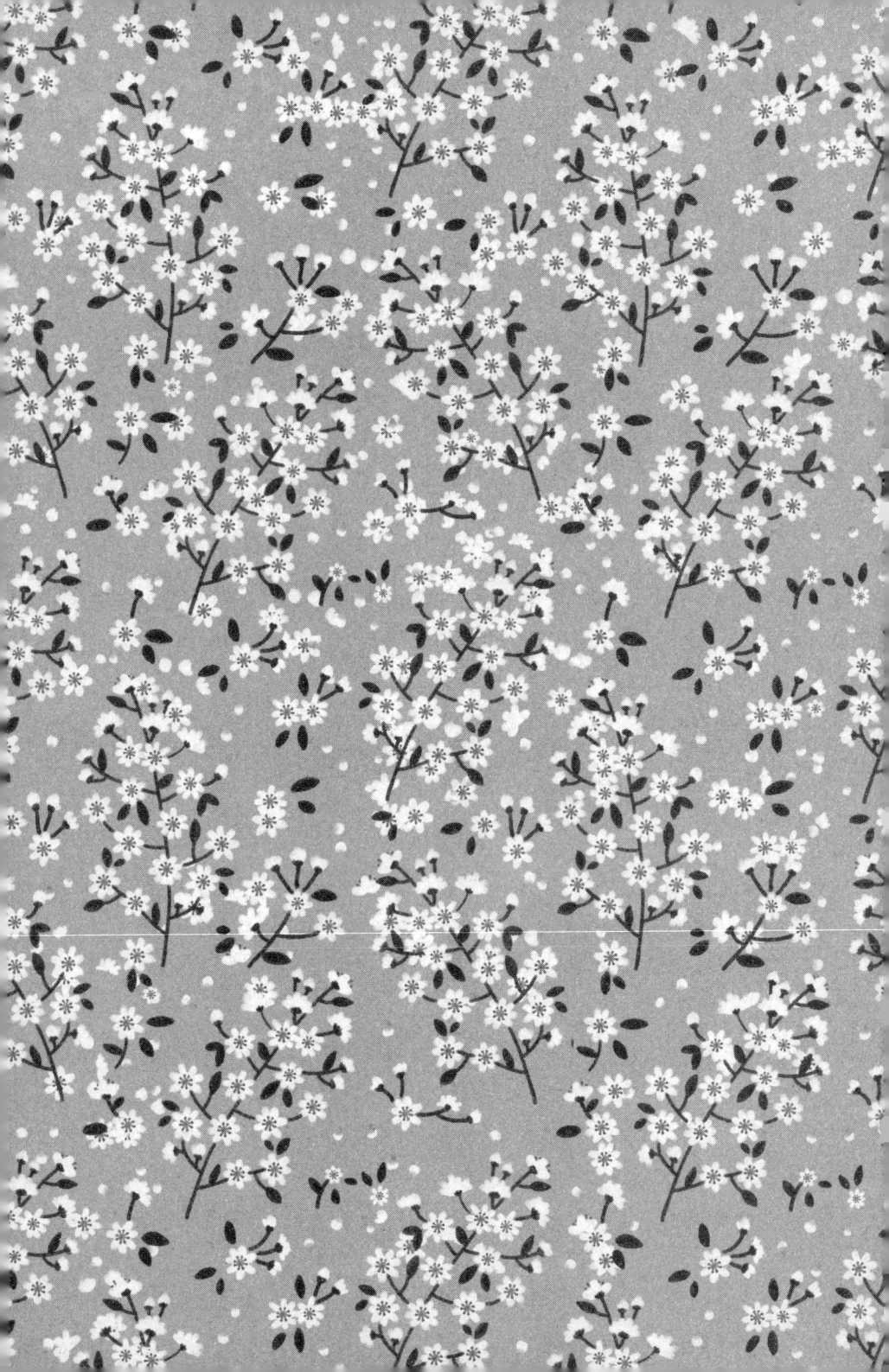

FLORET
READING

云深结海楼

晓乔 / 著

【一生一遇】系列第三季 01

作者简介 | 小花阅读签约作家

晚乔

热衷于美食画画和文字，汉服日常党，永远在刷游戏追新番和萌爱豆。

时刻都有奇怪的想法，惯于用意念和人交流。

一直做梦活在武侠世界里，开始以为正常，后来发现好像只有自己是这样，难怪和人讲话永远跑偏跟不上。

伙伴昵称：乔妹、仓鼠

个人作品：《妖骨》《顾盼而歌》《云深结海楼》

作者前言

<u>整个故事,也就是喵呜的一声而已。</u>

  小花办公室的外边有一个小平台,平台上有矮矮的树,一出太阳,就有被枝叶划得零散的光斑映在窗户上,带着防盗栏杆的影子一起。以前有只小奶猫,软软小小的,很怕人,却又很喜欢往这边跑,还曾经在晚上从没关紧的窗子里摸进来睡觉。

  可是现在,它已经很久没有来了……

  \(ˊ－ˋ)/ 不是我吓走的。

  敲字的时候,偶尔,我还能听见外面地砖和鸟雀抱怨的声音,说等不到它来蜷。

  在被小奶猫抛弃的日子里,我写完了这个故事。

  这个故事其实没有什么特别曲折的情节,就是很简单,从头到尾都很简单,像是小奶猫舒展自己伸出的懒腰,整个故事,也就是喵呜的一声而已。

偶尔我会喜欢轰轰烈烈，捧着一段故事读得荡气回肠，觉得那样的感觉好棒。可最近，不知道是不是天气暖融，人容易倦，总是更偏向于窝在被子里看一些起伏不是太大的小故事，看完以后正好睡觉，不会有那么多的复杂感受，梦里也是安静香甜的。

　　带着这样的心情写下这个故事，也希望读到的人，能够会心一笑，喜欢这份简单。

　　偷偷说，私心在这里边带上了我谢伯伯，好想卖安利哦……谢伯伯真男神！还有，提到的那首同人歌真的超好听！╰(￣ω￣o)

　　我很喜欢这个故事里大家的相处方式，也总觉得爱情和友情都是很神奇的感情，不同于亲情的与生俱来，大家在最初的时候都很陌生，可后来，却会彼此陪伴，彼此扶持。

　　只是不造为什么我身边的人总是互怼，一点都不温馨，比如九歌和鹿拾尔那两只，总是不肯做温柔的女孩子。哼，还总在上厕所的时候商量吃什么，还勾引我点外卖，还喜欢"嘿嘿嘿"地笑……啧啧啧【嫌弃脸】。

　　最后，感谢烟罗大大和若若梨姐给予的帮助，因为不太会说话，所以可能就只说得出一句感谢……

　　嗯，小伙伴们，下个故事再见！(･ω･)

晚乔

汉服少女乔的科普时间

对于每天身着汉服的乔妹，大家一定充满了好奇。
一场关于汉服的科普时间，正在进行中。

你觉得自己来自哪个朝代？
　　晚乔：生于 1994 年，所以说……是现代。

穿着汉服挤公交车是种什么感觉？
　　晚乔：还好，因为日常都是常服制，也不会很不方便，就和穿长裙的感觉一样，稍微提点裙摆就行了。

冬天可以穿汉服吗？
　　晚乔：可以呀～。

汉服贵吗？你有多少套？
　　晚乔：还好……不买萌物就还好。其实我的话，一套正统常服差不多就是四百到六百左右，汉元素两三百吧，和时装也没有太大差别。多少套的话，正统比较少，就六套的样子，基本穿汉元素，因为方便。

你穿现代装是什么样子？
　　晚乔：昂唔～汉服是汉族的服装而不是汉朝的服装，所以并不是古装呀 233333，然后平常的时装也经常穿的。嗯，不管穿什么都是同样的一张脸，所以就是这个样子 _(:з」∠)_

据说九歌和鹿拾尔也加入了你的汉服阵容，会撞衫吗？
　　晚乔：噗……强行撞算吗？我们买了一样的汉元素小裙子！

汉服、撸簪、书法、画风、游戏、吃货……请问你还有什么不为人知的标签？
　　晚乔：咦，我难道不是一条咸鱼吗……

你和鹿拾尔是小花作者里面更稿速度最快的，怎么做到的？
　　晚乔：呀？我更稿速度快吗？激动地鞠躬，感谢夸奖！那怎么做到的……这样，可能是……天意吧？

在大家看这个故事前，有没有想提醒读者的？
　　晚乔：嗯，这个故事可能比较贴近二次元，虽然考虑到不混圈的小伙伴的缘故，有减少一些描写，但题材的缘故，可能还是会带上一点儿，希望大家能够喜欢。

一句话形容下这个故事？
　　晚乔：一个温暖简单的小故事吧。

云深结海楼
目　录
CONTENTS

Chapter.1
古人诚不欺我　　/ 001

Chapter.2
就唱这个给你听吧　　/ 016

Chapter.3
现在也不晚　　/ 039

Chapter.4
怎么忽然就认真了呢　　/ 059

Chapter.5
摸摸头，不苦　　/ 079

Chapter.6
有枚小号叫海楼　　/ 102

Chapter.7
她只是个女孩，还是个小孩　　/ 122

YUNSHENJIEHAILOU

云深结海楼
目 录
CONTENTS

Chapter.8
自以为的喜欢　　/142

Chapter.9
和十一大大面基？！　　/173

Chapter.10
你不会约会？我教你好了　　/197

Chapter.11
他家小羞羊怎么样都是对的　　/216

番外一
当小羞羊变成了喵　　/236

番外二
一个正经的相性十问　　/242

YUNSHENJIEHAILOU

云深结海楼

YUNSHEN
JIEHAILOU

Chapter.1

古人诚不欺我

1.

医务室里，空调的温度调得有些高。

至少夏杨是这么认为的。

不然怎么热得她整个人都精神起来了呢？！

在小小惊呼了一声之后，夏杨开始望着手机陷入发呆的模式。

"这就是传说中的物极必反、否极泰来吗？"握着手机坐在医务室里，夏杨怔怔地盯着屏幕，良久才再次开口，却只是在无意识的状态下轻飘飘冒出的一句话，"古人诚不欺我啊……我，等等，这应该是真的吧，怎么感觉这么奇幻呢……"

校医老师像是被噎住一样，本来认真叮嘱着的话语也哽在喉头里，然后声音一沉、手指一屈，重重敲了几下桌子——
　　"刚刚我说的话你有在听吗？！"
　　夏杨猛然抬头，满脸的茫然，眼睛却亮晶晶的，像是在发光。
　　"哈？"
　　校医老师再次被噎住。

　　"老师，我记下来了。"宋辞说着，扬了扬停在记事簿页面的手机，"还有，冰袋已经敷了十五分钟，到时间了。"
　　注意力从屏幕上被转移回来，原本不晓得飞到哪儿去了的思绪在一瞬间被召集回到总部，在这个时候，夏杨才感觉到脚踝那里传来的痛感。
　　夏杨摸了摸被冰袋冻得几乎没知觉了的地方，眨眨眼睛，第一反应却是为自己不礼貌的走神向校医老师道歉。
　　那副认真认错的样子，让人看得有些想笑。
　　宋辞低头，正巧瞥见女孩撸起来的裤脚下被扭到的地方，那里红肿得厉害，又因为冰袋冻得有些发紫，单是看着都叫人觉得疼。
　　说起来，夏杨属于天生痛感比较强烈的人，也曾经因为这个被说娇气。所以，很多时候，就算觉得疼，她也会因为不喜欢被开涮而忍住不说。可脚踝初初扭伤时那股钻心的疼，却真是弄得她眼泪都要掉下来，忍也忍不住。那个表情，实在是让宋辞印象深刻。

可再看现在……

嗯，能在这样的情况下走神，说起来也是不太容易。

宋辞环着手臂，指尖一下一下点在手臂上，接着，又在望见她紧握着的手机时，总是毫无表情的脸上，浮出一个极轻、极微妙的笑。

是因为这个吗？

指尖滑过自己的手机屏幕，那里停留在微博页面，而下边是个小小的双箭头，"相互关注"。顿了顿，宋辞手指一点，屏幕的光亮瞬间暗了下去，而他的注意力也从手机转回了夏杨身上。

女孩仍是一副认真在听校医老师讲话的样子，手上却紧紧握住手机。

但是，因为她握得太紧，宋辞也没办法看清她之前在看的是什么，只能做着猜测。

想了想，他又滑动手机解锁，点进一个群组，戳开某个人的头像……

而那个头像，和之前夏杨聊天的那个人的一模一样。

2.

"嗯，谢谢老师，老师再见。"

在单脚跳出医务室的时候，夏杨提着药，满脸的小心翼翼，小学生似的。在她没有察觉的情况下，宋辞顺手捻掉她衣角上沾着的饭粒。

被扶着走过小道，夏杨扬起一个大大的笑："同学，今天真是谢谢了，对了，你微信号多少来着？我还没加你……那个，刚刚医务室开药，说好加微信还你钱来着。"

"我叫宋辞，宋词的宋和楚辞的辞。微信号就是这两个字的拼音，直接搜就好。"

也不知道是被哪里戳中了萌点，夏杨望着他，眼睛比之前更弯了一些。宋辞见状，有些莫名地问："怎么了？"

"感觉这样的介绍好棒啊。"她顺着他的问题笑着回答，"不过主要也是这个名字的搭配很好，文学气息超浓厚。"

夏杨这么说着，又把他的名字念了两遍，似乎是真的喜欢，并没有拿这个开玩笑的意思。顿了一会儿，她又想起什么，这才继续说道："对了，我叫夏杨，刚才的事真是谢谢……耽误你这么长时间实在不好意思，我坐在那边的长椅等我小伙伴就好，你先忙，不用管我了。"

本来想说送她回寝室的，但见夏杨已经有往长椅边上挪的趋势，宋辞也就没有再说什么，只是把她搀到了长椅边上。

"那我先走了。"宋辞顿了顿，又补充道，"你自己注意。"

"嗯！"坐下之后，夏杨朝他挥挥手，"谢谢。"

宋辞颔首，转身离去。

说起来，夏杨他是认识的，同系学妹，一栋楼里出入，来来回回见过许多次了，并且从前迎新的时候，他还帮她搬过行李。

甚至，在她大一刚开学的时候，他们也有过一些交集。

宋辞将手插进口袋里，眼神一动。

但从刚刚的情况看来，对方似乎并不记得他。

不过，夏杨是一个很宅的人，不善于与人打交道，就算在外面，也总是戴着耳机圈地自萌，注意不到身边的人事物也是常事。宋辞这么想着，脚步一停，握着手机的手微微发紧，对着它像是在想些什么。

好一会儿，他才再次有了动作，轻声笑着缓步离开。

而崴了脚没法儿动弹的夏杨，给小伙伴打完电话说了一下情况之后，她在等着被领回去的间隙里顺便发了会儿呆。百无聊赖之下，她心念一动，又打开了微博页面，动作熟练地点进去特别关注界面，戳中那里唯一存在的头像，画面一下子就跳进另一个主页。

刷新刷新再刷新，下边的双箭头始终没有消失。

这时，她才终于抱紧手机捂住心口眯了眼睛，感觉一时间整个世界都飘满了表示激动的颜表情——天了噜！十一大大真的和她互粉了！

对着手机傻呵呵笑了许久，手指在私信框那儿点进去又退出来，反反复复很多次，夏杨一边在脸上保持着超兴奋的状态，一边默默地揉脸搓头发一个劲儿地纠结。好想私戳，但会不会不太好，打扰他怎么办？万一大大本来就只是手滑关注她的呢？

而且，听说大大很少社交，就算发了私信，应该也不会回吧？

如果情绪有声音，能够变成实体化，那么在长椅上变化无常、心绪忽高忽低的夏杨，此时应该就是一首外放的"忐忑"，3D立体环绕声响大到可以震惊全世界的那种。

手指敲着屏幕，也不知道是发愣了多久，夏杨最后终于一拍大腿——到底是喜欢了这么久的大大，不然，还是……发一下吧？

这个想法一出来，夏杨心中另一个持反对意见的小人就这么倒下了，并且放下了手中高举的理智旗帜，再也没有站起来过。嗯，真是一点都没有革命战士的坚持性呢。

夏杨鄙夷了"反对小人"一番之后，开开心心捧出手机开始打字。

手指飞快戳着屏幕，打完之后再检查了一遍，很好，没有错字，发送。

夏杨握着手机紧张地等着不知道会不会出现的回复，尽量平复着自己的呼吸，在做深呼吸的时候，她对上路过的同学投向她的异样目光……

哦，这一刻的自己在别人的眼里，大概是一个弱智。

意识到这点之后，夏杨使劲儿往下压嘴角，强行冷漠脸，然而一秒之后——"嗷！"

眼珠子都恨不得黏到屏幕上！要不是脚踝处的痛感还在，她甚至都要蹦起来！大大、大大居然回复她了，而且还回复得这么快。

3.

　　与此同时，正好回到寝室的宋辞对着屏幕微微扬唇，手指轻轻摩挲了一下手机侧壁。碰巧沉迷设计无法自拔的室友在这时候伸了个懒腰，恰好瞥到了这一幕。

　　李慕渊被吓得一个激灵，收回伸展的手，一脸懵圈儿地戳了戳旁边的邵梓琛，指了指在电脑前看手机的宋辞。

　　"这什么情况？"

　　邵梓琛转头，望了宋辞一眼，眉尾一挑。

　　"从这个表情上分析……"邵梓琛用肩膀碰了碰李慕渊，小弧度地弯了嘴角，"一年飞快，冬天马上就要到了，下个季节还会远吗？"

　　李慕渊眼珠一转，瞬间明白了邵梓琛的意思，他眯着眼睛，看上去像是深有同感地点点头。

　　室外骤然风起，带着寒气灌进寝室，钻进人的脖子里，阳台的玻璃门也被这阵风给猛然带上，屋内的冷空气无端将人冻得打了一激灵。

　　如果放在平常，李慕渊一定要搓着手抱怨两句才正常，可现在的情况是，他被某人的目光定在原地。

　　邵梓琛在两个人之间扫了一眼，在看见李慕渊脸上露出的惊吓表情后，他无奈地笑了笑。借着起身接水的动作，他不动声色地把李慕渊挡在身后，顺势迎上了宋辞微冷的目光。

　　"所以说，你刚刚是在看什么？"邵梓琛假装随意地问道。

宋辞将收回的目光放回到手机上，随口道："聊天。"

像是接收到什么信号，原本躲在邵梓琛身后的李慕渊小小探出个头来："聊天？和谁啊？这三千多年来我就没见你用这样的表情和谁聊过！"说完之后顿了顿，又自以为小声地喃喃，"果然是春天不远了，小动物们到了交配的季节……"

好奇心重、没眼力见儿，从未记住内心独白是不能口述出来的忠告……有些人天生就是来作死的，蠢到无可救药。

在看见宋辞抬头的那一刻，邵梓琛的脑子里冒出这样一句话。随后干脆利落地舍弃掩护战友的行动，他默默走开，把李慕渊完全暴露在那道凌厉的目光里。

就在邵梓琛走开的下一秒，他看见宋辞对着李慕渊笑了笑。

"我晚上开歌会。"

果不其然，李慕渊一蒙："哈？"

"上一次你不是还劝我多参加活动来着？"宋辞起身，拍了拍李慕渊的肩膀，像是在委以他什么重任，"请嘉宾和做海报的事情就麻烦你了，宣传大人。"说完之后，毫不留情地回了自己的座位上。

许多人说，在学生生涯的全部时段，大学应该是最容易交到兴趣相同的朋友的时候了。虽然不一定百分百准确，这个结论是怎么得来的也不知道，但宋辞在听到这句话之后，思考一下后表示认同。

他的爱好一直很小众，就算在那个圈子里有人支持喜欢，但在生活当中，也还是会有不理解的声音。

却没有想到，高中毕业进入下一阶段后，寝室里的人竟然都知道广播剧并且有参与，甚至连邵梓琛也是他在一开始就在的圈子里结识的好友。对于这个，在最初的时候，宋辞也有过不可思议的感觉，反而是邵梓琛淡定地接受了。

美术系的学生爱好再偏再小众也正常，毕竟每个学这个专业的人都这样。至于能否聚在一起，事件小概率低却也不代表不会发生，能聚在一起说不定就是缘分。当初的邵梓琛这么对宋辞说着。

说的也是。宋辞点点头，再也没说什么。

也正因如此，后来的他们一起成立广播剧社，并且将那个名为"可听"的广播剧社发展成如今这般，具有一定的规模和影响力，似乎也是顺理成章的事情了。

"不是……你这表情和声音也不搭啊……十一大大……"

终于明白宋辞的意思之后，李慕渊欲哭无泪。

"你的意思是这一下午就要我把嘉宾的名单和所有人的时间敲好？！"就着椅子转了一圈，李慕渊看上去有点崩溃，"八百年没开过了，劝了你那么久也不接受，怎么忽然……"

"你没猜错，我就是想折腾你。"宋辞冷着一张脸，"这一次不开，今年我可能都不会开了，你看着办。"

这时候，邵梓琛放下水杯，很是不解。

"所以，为什么要开歌会？还是在这么突然，没有准备的情况下。"

一般来说，宋辞不怎么会考虑李慕渊的意见，毕竟他处理事情的能力有限。可邵梓琛不一样，他执行能力和洞察力都特别强，宋辞这一次的异样，他第一时间就发现了。

在所有人都没有准备的情况下来这么一出，对于粉丝来说也许是惊喜，然而，在执行上，却是有些困难的。宋辞并非不知道，可他还是想冲动一把。

望了李慕渊一眼，宋辞又把目光转移回了屏幕，意味不明地回答："有小粉丝说她在等。"

邵梓琛从这句话里读出了什么，眼睛里闪过几分玩味。

"哦？"邵梓琛忽略掉怏怏发着呆的李慕渊，带着几分打量，视线扫过宋辞，随后轻笑，"的确，你的歌会，粉丝也等很久了。这样的话，海报我来，嘉宾也算我一个。"

4.

——大大好，作为一个小迷妹，我喜欢你很久了！你的每一部剧、每一个翻唱、每段念白，我都听过的……啊，大大的声音超棒超级棒，我会一直支持你哒！

——谢谢，你的故事我也看过，写得不错。

对着私信框里的两句话盯了不知道有多久，夏杨始终平复不了心情，就算知道大大也许只是客套，也还是忍不住整个人开心得要飞起来！

作为一名长期混迹于二次元的小写手，夏杨的课余时间，几乎都花在了看小说和写小说上。

说几乎而不说全部，那是因为，除了这两个之外，她还有一个无法舍弃的爱好——听广播剧。

广播剧和有声小说是不一样的，它更多的是演绎，用声音来演绎一个个性情不同的角色，没有画面的辅助，要推进剧情，戏感便显得尤为重要。与之相对，配音的CV们声色也都各不相一。虽然CV们也都会分伪音和本音，但声线上的独特性并不会因此磨灭。

作为一名资深声控，夏杨对声音总是很敏感，尤其是对于那些戳她萌点的声音。

比如，她在广播剧圈的男神"十一"大大。十一常驻古风圈，配的大多是偏清冷的公子音，夏杨每次一想到这个声音，哪怕不点开音频，都会被狠狠苏到。

只可惜，虽然网上的大神多，各种音色各种款型一个不缺，但现实生活里，能够戳中她的，却是少之又少，至少她是从没有遇见过的。

哎……等一下？

脑海中忽然闪过一个影像，夏杨微微一愣。

说起来，刚刚那个同学，他是叫宋辞吧？他的声音……

好像也很好听哪。

而且总给人一种熟悉感，好像在哪儿听过似的……

或许，好听的声音都是相似的？

就在这样神游的情况下，夏杨的手指在背离了思考之外，自己开始动……超脱大脑之外自己动作什么的，说起来简直就和诈尸一模一样。

而等到她的灵魂在外面飞了一圈，终于心满意足回归体内的时候，对话框里已经来来回回有好几条了。并且，她发出去的话，那种感觉……简直除了花痴就是犯蠢。

望着最后发的那句话，夏杨羞耻地捂脸。

那句话说的是她第一次听他歌会的时候，带着几分遗憾和小抱怨的感觉。

十一不仅是古风圈的CV翻唱双大神，也是"可听广播剧社"的创始人之一，而"可听"的另外一个管理者，是翻唱圈的"勺子"。

在"江湖传言"之中，十一是个非常神秘的人，就像武侠小说里的那种绝世高手一样，自带高冷光环。他不开个人歌会，很少做谁的嘉宾，甚至连互动几乎都没有。

虽然现在的"可听"已经是圈子里非常有名的高质量社团，可那一次的歌会，却是开在它刚刚成立的时候。算算，那也是十一唯一一次以自己名义号召起来的歌会。

当初，许多人都是冲着"十一"和"勺子"的名号去的，然而就在歌会上，大家一不小心发现了许多优质的新声音。而现在，几年过去，那些新声音也都成了各种大神小神了。

想到这里，夏杨忽然生出一种时光飞逝的感觉。

说起来，十一大大也就是为了这个才办的那场歌会吧？

——你听过我的歌会？

屏幕上又弹出来一条回复，夏杨看见，立马抛开了原本的思绪。

——嗯嗯嗯！还记得当年我不停地上线和被卡出去，被网速弄得各种挣扎，大大的声音真的超好听！

发出去之后，夏杨带着点小郁闷，又追加了一句。

——可是……那次之后，大大就再没有开过了呢……

最近的天气有些反常，虽然是秋天，但温度降得很快，总给人初冬的感觉。

长椅脚边的小草枯黄着耷拉在那儿，只有风吹过去的时候，它才会顺势晃晃，带着旁边人投下来的影子一起。

这句话之后，十一很久没有回应，夏杨皱着眉头在那儿盯屏幕。

其实，十一大大对她而言一直有些遥远，她也不一定非要收到回复不可，事实上，能和他说几句话，她已经很开心了。

所以，她盯着屏幕，比起等待，更多的可能只是在发呆。

毕竟夏杨是这样一个人，有事没事都喜欢发个呆，尤其在遇到事情反应不过来的时候，她的模样也会让人以为她其实是树懒成的精。

手机屏幕暗下，夏杨动作迅速地戳了戳，就在屏幕亮起的同时，对方跳出一条消息。

——今晚八点半，YY 频道 23798 房间，"可听"有歌会。来吗？

小心脏像是被什么东西"biu"地击中了，夏杨顿时亮了一双眼睛，完全抑制不住自己激动的心情，飞快打下五个字，想了想，又加了一个颜表情。

——来来来！期待 o(*≧▽≦)ツ~

5.
轻笑一声，宋辞没有再回复什么，而是回头打开了电脑。

"既然晚上要开歌会，那六点之前把作业做完吧。"说着，他打开设计图。

而在一旁瘫着的李慕渊在听见这句话之后，瞬间就炸毛了，"嗖"地蹿起来跳到他的面前。

"六点之前做完？不是……我知道你是超人，但这也不代表所有人都是超人啊！你忽然说要开歌会，那现在我要联系嘉宾要做海报要发通知，你还要我做设计……"

"这次的设计，我们是一组。"宋辞沉声打断他。

李慕渊一愣，显然没反应过来："所以呢？"

"所以……"宋辞把电脑转向他，那上面的设计图只差最后几步就能完成了，看得李慕渊目瞪口呆，"我已经快做好了，到时候课堂上你来阐述就好。"

与此同时，邵梓琛也按下开机键："你去联系嘉宾，几个就行，反正今儿个的个人歌会是有目的的。海报的事情交给我。"

大概是脑子不太灵活，李慕渊忽略掉了邵梓琛的那句"有目的"，也完全没发现宋辞饶有深意投向邵梓琛的眼神，只是隐约有一种"好像有什么事情发生了，但全世界就他一个不知道"的感觉。然而，这个想法在脑海中一闪而过，他丝毫没有抓住重点。

李慕渊咽了一下口水，整张脸上一个大写的膜拜，然后做出隔空伏拜的动作。

"十一大大德艺双馨！"

邵梓琛看向他："那我呢？"

"呃……"李慕渊顿了顿。人家帮他做海报，他总不能说忽略了吧？于是抓心挠肺想了很久，最后摆摆手道，"你不是自家人嘛，不用见外哈！"

这话并不全是敷衍，邵梓琛自小和李慕渊一起长大，二十年的发小关系，处得比亲兄弟还亲，说是自家人也不过分。

闻言，邵梓琛轻轻扬了嘴角，低头继续动作。

"嗯。"

Chapter.2
就唱这个给你听吧

1.

　　最近天气有些冷，这个时候，对于属性宅的人而言，大多是蜷在寝室里，很少有愿意出去逛的。尤其现在，外边还在下着雨，风也阴冷得要命，冻得人恨不能把脑袋都缩进衣服里。

　　夏杨她们是四人寝，但毕竟大三了，学校管得也松，所以大家几乎都住了出去，现在只剩下她和另一个室友在。但这个室友是大三刚开学的时候转专业分过来的，自来熟，并不宅，除了睡觉之外很少待在寝室。

　　夏杨满脸兴奋地窝在电脑前边，披散着头发，眼睛里反着幽幽蓝光，看起来有点像刚从电视里爬出来的那位。这个样子的她，也成功地吓到了开门进来的人。

"夏小杨，你这是闹哪样啊？装鬼吓人呢！"推门进来的人咋咋呼呼，随手拍开了寝室大灯，接着把一盒饭塞到了她的手上，"喏，快点儿吃，再等就凉了。"

从电脑前边一个猛抬头，夏杨眼中的梁缇柳是这样的：娃娃脸、小鬈发、奶白色的斗篷套装，看上去简直就像是漫画里走出来的萌系少女。然而就是这样一个少女，丢包换上拖鞋搭着腿坐上书桌的一系列动作完成得简单粗暴，和她的长相完全不搭。

"啊……外边真是冻死爸爸了，话说你今天怎么摔成这样？弄得这么严重。"梁缇柳脱下软萌小斗篷套上寝室专用大花袄，"还有，窝在那儿看什么呢？"

她边问边凑过去看，但夏杨反应飞快地盖上笔记本电脑："没什么。"

说是刻意隐瞒吧，也没有那么夸张，对于夏杨，这只是一个条件反应式的动作而已。夏杨一直不喜欢把二三次元弄混，所以在生活里，她很少和人提起自己这方面的喜好，也从没有告诉过别人自己在网上写文的事情。

"哦。"梁缇柳缩回身子，不再去看她的屏幕，"不管你在看什么，快点吃饭吧，虽然伤的是脚，那也算个病号啊，得按时吃睡才行。"

"谢谢。"

不只是谢谢饭菜，更多的是谢谢梁缇柳的贴心。比如刚才她打按下电脑时，梁缇柳移开视线转移话题的反应。虽然梁缇柳在性格上和外表有些反差，但论起心思，却真是细腻得能够完美贴合外表。

夏杨笑笑，在掀开盖子的那一瞬间，饭菜的香味夹杂着热气朝她的脸上扑来，原本并不觉得饿，但在这一刻，她的胃被香味勾引得几乎抽搐起来。这才发现，在早饭过后，她一直就没吃东西。

"好好吃……这个哪里买的？"

"嗯？"梁缇柳回头，瞥了一眼桌上的饭菜，然后笑笑，"不在学校附近，一个学长带我去的，喜欢的话，等你好了我带你过去吃啊。"

"嗯嗯嗯！"夏杨的嘴里塞满了食物，鼓着脸颊抬高视线，随口问了句，"话说你是和哪个学长出去的？"

梁缇柳想了想说："前几天在社团里认识的，似乎是叫……时旭？反正人还不错的样子。"

在她说完这句话之后，夏杨呛了口饭。

"怎么了？"梁缇柳一回头发现她的情绪不对。

"没，咳咳……没什么。"就是觉得有点儿巧罢了。夏杨在心底补充了一句。

男神这个词被用得有点儿泛滥，它是一个名词也可以代表形容词，总体意思都差不多，形容人的样貌不俗，也代表欣赏、崇拜或者喜欢，在这些条件之外总还有一个附加条件，那就是遥远。当一个人被用"男神""女神"来指代的时候，那个人对于你而言，不仅遥不可及，也是永远都触碰不到的存在。

在二次元中，十一大大是夏杨喜欢了很久的男神，对于她来说，更多的是一个追逐的偶像，而时旭是她在现实生活中会喜欢上的那种人。

虽然她的爱好是写小说，偶尔也会少女心泛滥做一些梦，但她对这些还是很拎得清的。从小到大，她从没有对哪个男神型的异性动过心，因为她总有一种感觉，网络中那个优秀的人，只远观就好。现实生活中，她还是比较喜欢温柔有趣的人，比如时旭。

"什么没什么，看你这反应……"梁缇柳挑着眉头，"你认识时旭吗？"

夏杨不假思索地回答："嗯，认识。"

梁缇柳满脸八卦地摸了摸下巴，饶有兴趣地凑过去："那你……"

就在这个时候，电话铃声响了起来，梁缇柳被这声突如其来的声响打断了言语，只得转身接起电话。而夏杨见状，默默松了口气，继续吃起饭来。

虽然没想过去表白，但如果梁缇柳问她是不是喜欢时旭，她大概也不会否认。只是会有些担心，这样的承认会不会给人感觉像是在宣誓什么，说不定会给梁缇柳和时旭带来不必要的麻烦。

大概是她想太多吧，但事关感情，她总是会变得小心翼翼。

"好好好，就来就来。"梁缇柳一边说着一边打开电脑，"哎，不行啊，我忘记自己在重装系统，这还得等哪……不然我现在去楼下网吧，你们再等我一会儿？嗯……没多久，立刻马上，我先挂了啊！"

挂了电话换上衣服，梁缇柳的动作一气呵成不带一丝停顿。

"你自己注意点儿休息，别老窝在电脑前边，我有点儿事出去一下，你要带什么给我发短信啊！"

听见这一连串的话，夏杨点点头，一个"好"字还在嘴里没出来，对方已经把门关上了，走廊里回荡着的全是她急促的脚步声。

夏杨微微笑了出来，低头看一眼时间。

嗯……现在七点二十五，还差一小时零五分钟。

好无聊啊，刷个微博好了。

2.
戴上耳机，坐在电脑前边，宋辞敲了敲键盘，随手转了"可听广播剧社"歌会的宣传微博。几乎同时，右上角的窗口处弹出几个回复。

他点开看看，无一不是表示惊讶的。

等等，这个……

当下翻到某一条的时候，宋辞扬了扬唇。

——十一大大好巧啊！刚刚刷新就看见这条，期待你的歌会！

咩上，反过来再替换个同音字就是夏杨，这个圈名还真是取得简单省事，也莫名让人觉得有些可爱。

又或者，这些其实和名字无关，只是因为他带着主观感情在看，所以才会觉得可爱呢？

顺着头像点进去，宋辞开始看她的微博。

夏杨的微博写的大多是生活里的一些小事，间歇性记录一些脑洞。不过，说是记录生活小事，也还是隐去了很多信息的，有时候，她甚至会用写故事的方法把它们记录下来。

比如今天下午发布的最新一条。

——穿越千年来到现代社会的咩，忘记了在这里吃草是需要银子的，领了草粮发现没钱，在遇见身后陌生好心咩的时候，它顿时生出一种被拯救的感觉！然而，下一刻，咩就摔肿了蹄子，好吧，一只蠢咩。不过大概蠢咩有蠢福？嘻嘻，不告诉你们发生了什么，总之再次感谢陌生好心咩的拯救！

这时，李幕渊敲定了最后一个嘉宾名单，从腰酸背痛状态秒速切换成浑身轻松。接着一个抬眼，他就看见了宋辞脸上一闪而过的笑。

疲惫时候抬头看见某个没表情的人居然在笑什么的……

这一幕是不是不久之前发生过？

吸取了下午的教训，李幕渊默默闭嘴，没有把这个发现说出来，而是默默陷入了沉思。宋辞这个表情，单单用"笑"来形容，其实有些不足。可对于李幕渊而言，再多的形容词，他也实在是想不出来了。

不过，毕竟是一闪而过，捕捉得不清楚也是正常的吧？

"准备都做好了？"邵梓琛给李幕渊递了一杯水，而李幕渊接过就直接灌了一大口。

"嗯！"声音带着一点小得意，他回道，"都联系好了！就是刚刚发现缺个字幕，网上戳不活，机智如我立刻给垂杨柳打了个电话！"

他说的那个"垂杨柳"正是可听广播剧社的成员之一，她平时做的都是宣传工作，圈名"软妹倒拔垂杨柳"。咳咳，认识真人的李幕渊表示，这个学妹真是人如其名的。

对着一脸邀功的李幕渊，邵梓琛不自觉笑了笑："嗯，那还真是辛苦了。"

"靠，别老摸我头！"躲开朝自己伸来的手，李幕渊满脸嫌弃，十分顺手地把喝过的水杯递过去，"你以为还是小时候呢？现在我都和你差不多高了好吗！"

邵梓琛毫不介意地耸耸肩，接过杯子后收回手。

在两人消停下来、不再言语的间隙，他们清楚地听见不远处传来的一声轻笑。

邵梓琛将目光转向宋辞，扫了他两眼："心情不错？"

"嗯。"

难得的正面回应。

宋辞活动了一下脖子："发现一个有趣的小孩儿。"

"小孩儿？"李幕渊蒙了一下，对着宋辞一副明显不只是"有趣"的表情，忽然想到什么似的抖了几抖，"喂，我说，你一直不找对象，该不会是……恋童癖吧？"

邵梓琛听得不觉一颤，杯子里的水顺势洒出几滴。

而宋辞……

"我错了，我就这么说说。"在宋辞开口之前，李幕渊已经十分有眼色地先行讨饶，"十一大大，你该不会听不出这是玩笑吧？"

"嗯。"宋辞略作沉吟，"也许……"

低着眼帘想了想，宋辞给出的回答让人有些出乎意料。他说得认真，像是经过了深思熟虑，让听完回答的李幕渊不由得露出不可置信的表情。

宋辞说："那个小孩儿，我大概真的有些喜欢。"

Excuse me？

Are you kidding me？！

脑袋里一条条弹幕就这样飞速刷过去，不是没有内容瞎起哄的yoyoyoyoyo，相反，脑洞清奇如李幕渊，单单凭着那句话，他就差不多要把那个小孩儿的长相身高出生年月日脑补出来了。

然而对于李幕渊而言，任凭他的心理活动再怎么精彩，脸上表现出来的，永远是一脸呆滞的模样。

比起李幕渊的懵圈，邵梓琛却是一副似笑非笑的模样，并且在眼神的交流中与谁达成了什么共识。

"果然，有什么事情在我不知道的时候发生了……对吧？"
这是来自于某人呆滞了五分钟之后的疑惑。
然而，寝室里没有一个人回答他。

3.
宋辞的屏幕还停留在"咩上"的主页，他已经翻了很多条，而停下的这一条，是她在抱怨"穿越咩"不适应现代交通工具，路途遥遥，晕车实在难受。

下边有人评论，那个人大概是她认识的小伙伴，知道她所去的地方。于是，评论道：你去的地方其实没有多远啊。

而咩上理直气壮回复：樱桃小丸子说过，对于小孩子而言，坐完火车坐汽车，就已经是很远的路了。

——小孩儿？
——我是啊！
轻轻笑笑，看起来真的还是个小孩儿。宋辞退出这一条，继续往下翻。

一条条翻别人的微博，偶尔还看看评论……这样的事情，要是放在从前，宋辞绝不相信自己会这么做。甚至，他也从没想过，自己有朝一日，会对一个人这么感兴趣，连她一点点的琐事都会觉得有趣。

感情和理性在某种意义上是相对的，那么，大概也就说明，在与感情有所牵扯的事情上，理性认定的事情也会不成立。

想通之后便不再过多纠缠这个问题，宋辞眉眼柔和，在电脑上翻着她微博的信息，并用手机在私信回复里敲下一句话。

——哦？所以是更期待我，还是更期待歌会？

在手机提示音响起，夏杨顺手点开的那一瞬间……

对，就是那一瞬间，她立马就石化了。

如果是放在漫画或者绘本里，这大概就是那种一秒被冻结成冰，悠悠的寒光在人形冰块上闪几下，然后碎成一地渣渣的情景过程。

大大、大大……

大大是被盗号了吗？

花费好一番工夫才从渣渣的状态恢复成能够思考的人形，夏杨的第一反应，却是在思考这个问题，丝毫没有被男神撩完后该有的自觉。

夏杨咬着指甲对着屏幕发了许久的呆，想了想，戳进私聊框。

——大大你是本人吗？

屏幕另一边的人轻轻挑眉，手指微动：怎么？

——果然……这个反应才对啊。

大概真的如咩上页面的简介所言，她是异世界思维的少女，反应总和大家不太一样。宋辞想过她的许多种回复，却没有想到，她会是这个反应，真是让人摸不准。

原先挑着的眉头带着笑意微微松了一下，他回复：你在说什么？

——没有没有！只是大大你刚刚回复我的那句话……嗯……觉得和你平时的形象有点儿不太能联系起来。

顿了顿，他问：所以在你眼里，平时的我是什么样的？

——当然是大神啊！套用我游戏里男神的话，那就是"遥不可及，如冰如霜，又独自照彻漫漫寒夜"……咦，说到这个，大大你知道谢衣吗？那句话就是谢伯伯用来形容大祭司的！

对着电脑沉默良久，宋辞忽然开始怀疑自己是不是已经老了。这个思维和话题的跳跃度，让人没法接。

可是一想到那张像是带着光彩的笑脸，他又觉得，就算不能理解，那也很可爱。

宋辞并不是一个好奇心重的人，甚至，对别人的一言一行，他都不感兴趣，只是出于礼貌，才会在听的时候附和几句。

就是这样的一个人，他偶尔也会觉得自己太过冷漠，会想这样是不是不好。

然而，有一天，他却因为一个人的一句话去搜了很久自己所不了解的东西，并且，不是出于对那句话感兴趣或者好奇之类的原因……

那么，这样想想，他一定是因为说话的那个人了吧。

嘴里被塞得鼓鼓囊囊，夏杨像只仓鼠一样，裹着被子捧着自己的小瓜子……好像有哪里不对？嗯，是捧着自己的小手机。

果然大大不回复了。

一紧张就喜欢吃东西和放飞自我乱扯话题，前面那个没什么，但后面这个毛病还是得改。夏杨这么想着，继续往嘴里塞小零食。

说起来不过是聊个天，看上去好像没有哪个地方是值得紧张的。可事实上，在十一确认了回复她的就是本尊之后，她就一直处于脑袋空空的状态，也是这个时候，她才终于有了一种凌乱感。

也不知道该说这是反应迟钝还是反应太快，但她在反应过来之后的第一时间想的是，这个反应的确很夏杨。

这种时候难道不应该趁势回撩吗？忽然跑偏算怎么回事？！

难过，委屈，心里苦。

夏杨瘪了瘪嘴，眨眨眼，眼睛里的光彩暗了一下。但不过一刻，立即又亮了起来。

——我刚刚搜了一下，谢衣这个人物，的确让人欣赏。

夏杨对着这句话冒出一堆的欢喜泡泡。

所以，十一大大不回复自己不是不想搭理她了，而是因为去搜了自己游戏中的男神，并且，十一还夸她的男神确实很棒，值得男神这两个字……是这个情况吗？

脑内循环了很久，难得没有把自己绕晕，夏杨还没来得及回复就看见对面又发来一句话。

——时间差不多了,来YY吧,我已经在了。

对着屏幕小小地兴奋了一下,夏杨飞快打字:大大,我已经在了,我看见你了!

——嗯,你在这里叫什么?

夏杨:这里有咩不吃草。

——好。

4.

这个"好"字刚刚出现在夏杨的眼睛里,另一边的YY上,原本披着表示"游客"身份、对于频道没有权限的白色马甲的自己,立刻就被调成了橙色马甲,而橙色的意思是频道总管理。

十一大大官方频道的总管理……

这难道不是可听内部才能有的吗?!

果然,在她"变色"之后,公屏就开始无线刷新起来——

十一大大的正宫:新来的橙马是谁啊,怎么以前没见过,新人吗?

我才是十一女票:咦,所以十一大大今天又是来介绍新人的?

十一大人在我家:不对吧,官方没有发布说有招新啊……难道是空降?

就在大家讨论得热火朝天的时候,麦序终于爬上来了一个人。这是第一次,主角在主持热场之前就开了口的。

"大家来得真早。"

低笑，那个声音清朗温润，带着浅浅的膛音，让人感觉像是有小小绒绒的柳絮擦着心脏飞过去，又酥又痒。

公屏上刷的内容立刻就换了一拨——

大大我是雨荷啊：十一男神出现了！

十一勺子一生推：嗷嗷，开口跪……十一大大我要给你生花果山！

对着飞速滚动的公屏，夏杨按捺不住地开始跟风：十一大大的声音好苏好苏，苏到窒息！求嫁！

然而也不知道巧还是不巧，就在她发出这句话之后，公屏就被禁言了。于是她的这句话就成了公屏上的最后一句，简单又粗暴地暴露在所有人的眼里。

"求嫁？"

透过电波传过来，那个声音带了点点笑意。接下来是拧瓶盖的声音，十一大概是喝了口水，虽然只是一道很轻的吞咽声，却弄得夏杨莫名红了耳朵。

这一定是她的错觉吧？不过是喝水，怎么就听出了小性感的味道呢……

"我不嫁，只娶。"十一说着，又笑了声，"所以大概应该由我来说……嗯，求嫁？"

从耳朵尖尖一路红到了脖子上，夏杨整个人都有些不好了，连人带手机一股脑栽进了被子里。这个天气不正常，大晚上的这么热，实在不正常。

"啊，公屏的话，因为刚刚刷屏太快，我这边网不稳定，差点儿被卡出去，所以暂时关一会儿。对所有不能发言的小伙伴说一声抱歉。"

也许是窝在被子里的缘故，十一的声音从外边闷闷传过来，让她有一种其实十一大大和自己离得并不远，只是一床被子的距离而已的感觉。

这个错觉弄得夏杨更热了，甚至有些发晕。

"因为主持那边的麦出了些问题，为了不耽误太多时间，我先来唱首歌吧。"通过电波传过来，那边的声音有点低，透出些慵懒的意味，"你们有什么想听的吗？"

等了一会儿，十一大概忽然反应过来了什么："啊，忘记你们暂时说不了话。"

"嗯，我刚刚正好听到一首同人歌，还不错，曲子也还算熟悉。不如，就唱这个给你听吧。但由于词是刚刚记的，唱错了的话，不要嫌弃我啊。"

是"你"而不是"你们"，这样一句话说出来，就好像是在对特定的某个人说一样。

结合着他的表情，李慕渊拿手肘捅了邵梓琛一下："哎，我觉得自己好像发现了一个秘密。"他故作深沉地看着宋辞，"我觉得，十一应该是有看中的人了。"

邵梓琛："……"

"而且吧……"李慕渊绷着一张脸转过来，但在对上邵梓琛的那一刻，他秒速切换回了平时的自己，"你这什么表情？！"

　　邵梓琛略微沉默了一下，说："没有，我就是觉得，你分析得很对。"

　　"那可不，我智商多高啊！而且，根据我的猜测，那个人，应该就在这个歌会里。"李慕渊得意扬扬地指着屏幕，"我跟你说，以我敏锐的观察力，绝对分分钟就能找出来是谁！"

　　而邵梓琛顺着他手指的地方看过去，目光直直停在了某个橙色马甲上，在橙马和李慕渊之间来回扫了几眼，他满脸的冷漠。

　　"嗯，你真棒。"

5.
　　把夏杨从被子里拉出来的，不是十一的声音，而是他放出来的前奏。这首歌她太熟悉了，《愿逐流光》，是所有谢衣同人歌里她最喜欢的一首。

　　——我刚刚正好听到一首同人歌，还不错。

　　夏杨习惯性按下录音键，一整天都没消停过的脑子，在这个时候变得一片空白。

　　——不如，就唱这个给你听吧。

　　在听见这句话的时候，夏杨不过觉得心脏猛跳了一下，但现在回味起来，却忽然觉得那个"你"的指向性有些强。听着歌，她忽然觉得，那也许真是十一大大说给她听的。

可夏杨只是兴奋了一下，又立马告诉自己不要自作多情。

虽然她喜欢十一很久了，也一直恨不得让全世界知道那是她的男神，这个人和这个声音，对她而言都已经太过熟悉。可对于十一而言，她不过是个最近刚刚合作的小写手，就算认识，那也只是今天一天而已。

而且，就算一切都不是巧合，男神送她一首歌，又能说明什么……

哎，不能说明什么又怎么样？哪怕大大只是心血来潮或者就是人好，但能被喜欢了这么久的声音送歌，对于声控而言，真的是一件可以记一辈子的事情了！

也许真是喜欢多想，也经常因为自己脑内活动太过频繁而心累，很多时候，对于别人而言，并不是需要上心的事情。夏杨其实清楚，却控制不住自己心里的起伏跌宕，最后索性不想了，认真听起歌来。

"月寒如霜，流光照永夜漫长，除却梦境，此身何日能重返乡？浮生苍茫，一世却做三生长，过忘川可忍从此将前尘尽葬……"

这首歌的原唱是女声，而十一的音向来都比较低，单论这个，唱起来其实不太方便。可是现在，他唱的是降调，各方面也处理得很到位，瞬间又被他的声音惊艳到。

和平时用嗓的习惯不同，唱这首歌的时候，十一的音放得很清、很是干净，然而因为语尾微扬，所以又带着些微的华丽。

这样下来，难免给人一种奇异的感觉。

至少，夏杨在闭着眼睛听的时候，是真的隐隐约约看见音色化作点点流光，填进了自己的心底。那些光点很是温柔，时走时停，停下之时，顺便还在某个地方抚了一下，触感像是猫咪的粉色小肉垫。

有些痒，但是很舒服。

"月华如霜，念前事兮怯流光，桃源春秋几度，繁华却不堪想。浮生苍茫，不知此生可虚妄，过忘川不忍从此将前尘尽葬……"

随着十一的一字一句，夏杨回想起游戏里的情景，一下子又有些想哭，好像被这首歌又带回了那个世界。虽然知道虚幻，但就是忍不住想要沉溺进去。

这个版本的伴奏带没有念白，在唱完之后略作停顿，那一句是十一补上的。

"此时相望不相闻，愿逐月华流照君。"

二次元最爱的两个男神，在这一刻，好像成为了一个人。

夏杨抹一抹眼睛，当她再次看电脑的时候，公屏已经开放了，大家刷得飞快，往往她一句话都没看完就已经过了几版。

而这时候，下边的提示音一闪一闪，夏杨点开，是十一的私戳。

——这首歌喜欢吗？

夏杨激动地打字：嗯嗯嗯！这是我听过的最棒的版本了，超级喜欢！

——喜欢就好。

喜欢就好？

虽然只是短短的四个字，但这句话的信息量实在是有些大，夏杨怔怔望着屏幕，觉得十一大大这么说，似乎隐约就是承认了，这首歌是唱给她的。

——是。

什么是？

夏杨回过神来，这才发现，原来刚刚就在自己觉得意外的时候，她已经这么问了过去。她低呼一声，小心脏差点儿就要跳出心口！颤抖着手写下一堆东西，然而就在按下发送的前一秒钟，寝室灯泡"嘶啦"一声灭掉，她也陷入一片黑暗。

宛如水滴落入油锅，短暂的安静之后，寝室楼里响起一片抱怨声。

搞什么？这个时候停电！

嗯，对于住宿的孩子而言，停电的另一个意思，就是断网。

"不是吧……"

幽幽蓝光照在夏杨的脸上，映出一片哀怨。然而不过一瞬，她反应极快地掏出手机打开微博，点进私信框。男神的话不能不回啊。

可是，有一句话，叫福无双至、祸不单行。

简而言之，也许是老天爷觉得她今天幸运得有点儿过，于是遭了条短信，飘飘忽忽给她送来欠费的消息。

望一眼电脑，望一眼手机，再望一眼自己被包得动弹不了的脚，夏杨石化在了当场。

这……这……

这是闹哪样？！

6.

对着忽然陷入黑暗的寝室，宋辞没有什么反应，只是在听见李慕渊那声惊呼的时候扯了扯眉头，觉得有些刺耳。他微微一顿，走到阳台上，趴在那儿转了转头，果然，对面那栋女寝也是漆黑一片。

秋天很难得有这样晴的夜，大多时候，天上都是盖着乌云，看不见星月。可今晚的夜空看起来却很不一样，星星一闪一闪，薄云微散，像是盛夏夜幕的模样。

与秋冬的凉薄不同，夏天给人的感觉总是充满活力的。

可以在阳光下肆意欢笑，可以举着饮料到处乱跑，室外累了抹一把汗，室内乏了睡个懒觉，不论做什么都让人感觉舒服，也好像不论什么都自带闪光点。

宋辞第一次遇见夏杨，就是夏天。

说起来似乎已经很久了，那还是两年前，系里组织迎新的时候。

当时他大二，刚刚开学，事情很多，又临时被通知人手不够要去帮忙，这样下来，难免乏累。印象里，那天太阳很毒，没有云，风也是干的，也就天还蓝点儿。

可天蓝有什么用？那也抵不过因为琐事繁多而让人发躁的烦闷。

宋辞不喜欢麻烦，不过说起来，也的确没有人会喜欢麻烦。

大抵就是这样，那一天，本就没什么表情的他更是挂上了满脸的冰霜，虽然面对新生的问题依然耐心，但对于那些可有可无的勾搭却是一个都没有理。饶是如此，也还是有许多人过来有一搭没一搭地和他搭话。

就是在这个时候，他看见她。

小小的身板，扛着的东西却不少，汗湿了的头发黏在脸和脖子上，眼睛倒是亮晶晶的，带着点小兴奋，看不出半点不耐和烦累。

她站在不远处四处张望，像是在找什么，但找了许久也没找到，于是瘪瘪嘴，从手腕上取下来一根皮筋，随手把头发理了理，在脑后扎了个马尾。

当时夏杨的角度微侧，细白的手臂遮住她半张脸，宋辞看不见她的眼睛，只看到她手腕上微微突出的豌豆似的骨头，随着她的动作在转，看上去怪好玩的。还有，那瓣被轻咬着的嘴唇，粉粉嫩嫩，看起来很软。

然后，她放下手，一个转身就往他这边看来。

说出来大概没有人相信，但是她在转身之际牵出一个大大的笑，那个时候，他确实觉得心底有个地方猛动了一下。尤其是当她一步步朝他走来，那感觉也便随之越发强烈。

"学长好,我是美术系新生,请问是在这里报到吗?"

迎新台摆了三排,每个系的牌子看起来都差不多,所以她没在第一时间找到。

夏杨带着点小郁闷,这么对他说。

宋辞看了她一会儿,很轻地弯了眉眼:"嗯,是在这里,录取通知书、报到证之类的,都带了吗?"

"带了带了。"夏杨一边答一边翻包。

"不用急。"宋辞递给她一瓶水,迎新处没么好,还有茶水供应,那是他刚刚给自己买的,"喝点水休息一下。"

夏杨愣了愣,接着望向他的眼睛,扬起一个更大的笑。

看在宋辞眼里,那样的夏杨像个小太阳,眼睛里却又带着星辰,好像不管白天夜里,所有的光都在她一个人身上。

"谢谢学长,对了,我叫夏杨,绘画专业的。"

"嗯,宋辞,视觉传达。"

不是在下午食堂,也不是医务室里,而是两年前。

那才是他们的第一次见面、第一次对话。

"不知道为什么,水暂时卖完了,学长又说不喝饮料……"在宋辞帮她搬了行李、把她送到寝室之后,夏杨有些不好意思,"所以就买了根雪糕。谢谢学长,麻烦了。"

当时的宋辞汗流浃背，然而，在转身的时候，她递给他一根雪糕，外边是柠檬味清甜的冰，里边有绵软的奶香，中间还夹了葡萄干，很小女生的口味。

从前李慕渊在看见可爱的女孩子的时候，总会有一个形容，就是"那张脸只要稍微在阳光下挂上个笑，就能把人晃得眼睛疼"。宋辞当时嫌弃过这个形容，而李慕渊听见立马夯了毛，说这是只可意会的事情，然后想了想，又说"不过估计你这辈子是意会不到吧"。

可在看见夏杨的那一刻，宋辞忽然就明白了这句话的真意。

不是晃得眼睛疼，而是那个笑灿烂得太过，光芒太盛，若要直视，便微微有些灼眼。可不止飞蛾，每种生物或多或少都有趋光性，是以，便是灼眼也想看。

而因为这样一份好感，自然而然便会带上些喜欢。

宋辞不是很爱吃雪糕，总觉得它黏腻过甜，但在记忆里边，她递来的那一根还不错。

接着，再一抬眼便发现，今天的天空很蓝，有丝丝浮云荡在那儿，原先干燥的风也好像温和了起来。

可在那之后的第二天，宋辞他们专业就组织了写生，而一个月后再回来，再遇到她，她却似乎已经不记得他了。后来的夏杨对他抱怨过自己的记性太差，而宋辞想到这一桩，认真点头，是真的很差。

但没关系，以前忘了什么都不重要，以后只要记得他就好。

Chapter.3
现在也不晚

1.

自那晚停电之后，学校就好像放飞了自我，隔几天就停一次电。因此，校内甚至流传起了一些段子，有说这里是全国节能省电高校领头羊的，有说这里其实是超级英雄和邪恶势力新战场的，还有说最近异次元波动较大，而这里其实是时空入口。

什么乱七八糟的说法都有，而且，正常的都来自于其他系，而那些一听就让人摸不着头脑，然而你要去问，人家还能有理有据给你分析的，多半源头都来自美术系。

也许吧，画画的孩子们脑洞就是这么清奇。

在这里边，夏杨也贡献了一个，里边夹杂着因为没能及时回复男神信息而产生的深深怨念。然而什么电网其实是新时代的鹊桥啦、什么老天就是见不得人家圆圆满满甜甜蜜蜜所以不准人聊天啦……

　　单身狗们集体表示，这个段子我不认。

　　大四的课程很少，和多数同学一样，宋辞也有做一些兼职。虽然四年来他已经有一定的积蓄了，但要真想靠自己的力量来创办工作室的话，还是不够。

　　这一次，他接的是个版画设计的活儿，要求丝网印刷，扫描原件。

　　丝网版画有些麻烦，需要印刷台和曝光台之类的大件，宋辞当然没有。但还好，系里有版画课程，也有专门的版画室，也就是这样，他打了电话，去和老师商量借用教室。

　　宋辞自入学以来，成绩就一直名列前茅，文化和专业都很不错，老师对他也是挺放心。

　　"这样吧，正好最近大三在开版画课，别的时间也不方便，不然你就和他们一起？还能省点材料费，顺便周末也可以问他们拿钥匙去用一下。"

　　"嗯，好的，谢谢老师。"

　　"不用不用，正好你可以给他们做个示范。"佘老师爽快地笑道，"他们管钥匙的有三个人，我存了其中一个的电话，等会儿发给你。"

　　宋辞跟着笑了声，再次道谢，挂了电话。不一会儿，佘老师就发来了信息,是一个名字加一串数字。

在点开信息的时候,他有那么一瞬间的微愣,但很快就反应过来,浅浅笑笑。

"也是挺巧的。"

宋辞熟练地存了号码,把手机揣回了包里。

也是挺巧的,夏杨。

2.

每个学期两个阶段的课程中间总会有一周休息时间,恰巧,夏杨她们的休息时间,就在她请的一周假之后。也因为这个,她被吐槽了很久,班上那些损友要么是和她讨论扭伤的技巧,要么就是简单粗暴嫌弃她连休两周。

但吐槽归吐槽,大家还是会轮着帮她带饭带水果带小零食。只是,每每她稍微感动想表示感谢,对方又会一桶冰块浇凉她,真是神奇的友谊。

这天,她刚刚睡醒,迷迷糊糊就听见铃声响了。那是十一的一首翻唱,每一次听到这个声音响起,总会有一种幸福的感觉,好像给她打电话的就是十一大大一样……

"请问是夏杨吗?"

在声音响起的这一瞬间,好像有什么东西在夏杨的脑子里炸开了,酥麻的感觉通过电流传进她的耳朵,火花顺着她的背脊一路蹿到天灵盖顶上,然后"嘭"的一声迸开!

这声音，好像有点耳熟，不对，是非常耳熟……

夏杨的眼睛骤然睁大。

十、十一大大？！

可还不等她说话，对面的声音又再次响起。

"不知道你还记不记得，我是宋辞。对了，你的扭伤怎么样了？"

"宋辞？"夏杨的脑海里自动浮上来一个影像。

其实她一直有些脸盲，很难记住一个人，哪怕他再怎么长得有辨识度。也是因为这样，大一的时候，她总分不清班上同学有哪些，每次打招呼和被打招呼都尴尬爆了。同时，这也是大家最喜欢吐槽她的一个点。

但这次，不知道怎么，她竟然一下子就记起宋辞的样子。

宋辞很高，以夏杨的角度，需要稍微抬起头才能与他对视。他的轮廓很是分明，鼻梁挺直，眉眼干净。一般来说，轮廓深刻的人都会让人觉得有些凌厉，但他给人的第一感觉却是柔和，尤其是下颌到脖颈处的线条，最是好看。

之所以会记得，大抵是因为他帮了她的忙吧。也许在别人看来只是件小事，一个比较善良的同学对一个因为扭伤而不能动弹的女孩子伸出了一下援手罢了，但当时的她疼得厉害，摔在地上却没有一个认识的人在身边，也没有人过来扶她。

因此，在他朝她走来的时候，夏杨是真的生出了一种被解救的感觉。

"嗯嗯,我好很多了,现在走路什么的都已经没有问题。那天谢谢你。"

电话另一端,夏杨的声音带着笑意,哪怕隔着手机两端,宋辞都能想象出她带着笑挠着头的样子。

"没事了就好。"宋辞换了只手拿手机,"对了,这一次打给你,是因为我需要做一个版画设计。刚刚和佘老师商量了一下,这个课程阶段大概要打扰你们了……"

夏杨放下轻轻挠着头的手,眨眨眼:"学长是美术系的?"

宋辞微顿:"嗯。"

连自己年级有哪些人都分不清的夏杨,听见他俩一个系,也没觉得有多意外,她在心里念了句"这么巧",嘴上却是一连串:"啊,好的,不打扰不打扰!"翻了一下课程表,"我们的版画课是周一到周五的上午,一到四节,下周一开课。那到时候学长直接过去吗?"

"我……"话到口边却转了个圈,宋辞扬了扬唇,"我学设计的,不知道版画室在哪儿,到时候先来叫你吧,然后一起过去。方便吗?"

美术楼就那么大,都认识老师了,怎么能不知道版画室在哪儿?其实这是一个蛮不走心的借口,夏杨却也没有多想,点点头就同意了。

在听见她的回答之后,宋辞笑笑。

低低的声音顺着听筒传来,弄得夏杨有些脸热。

"对了,学长,你的声音……"你的声音和十一大大好像啊。夏杨本来准备这么说，但转念一想，学长怎么可能知道十一大大是谁？在三次元里遇到二次元熟人的概率本来就不大，更别提，那个圈子那样小，又不像动漫番剧，系里还都有人能聊，而广播剧……

学长估计都不知道吧。

就像那句话，幸福的人都是一样的，声音好听的人大概也是这样，总会有些相似的地方，再加上电流对于声音会有一定影响……

夏杨在心底一个劲儿想着这些问题，最后得出的结论却是，还是不要说这些会弄得人莫名其妙的事情了。

宋辞笑笑："我的声音怎么了？"

"没有，你的声音好好听啊！"夏杨认真道，"完全就是声控福利。"

"如果你喜欢，以后我可以经常打给你，你觉得怎么样，嗯？"

说这句话的时候，宋辞把声音压得低了一些，在中间无意透出个小小的换气声，听得人后颈一酥，尤其最后面那个"嗯"，简直就是自带宠溺。

这时候恰巧有女孩子从边上路过，听见他打电话，莫名被撩拨得心脏一颤，之后捂着心口一个抬头，就看见带着温柔笑意的男生。

天了噜，苏破天际！女孩在心底小小地惊呼一声，立马红着脸跑走了。

可是，这个小插曲，宋辞完全没有注意到。

他的注意力全放在了电话上，于是在听见对面倒吸气的反应时，不自觉便加深了笑意，一下子想到某个人绵绵软软的样子。夏杨的脸有些肉肉的，下巴却尖，看上去很好捏。有时候，他也很想摸摸她的头。

嗯，在这个阶段，宋辞还是很内敛的。

有一句话叫人欲无穷，放在宋辞身上，大概就是不久之后的某一天，当他真的玩笑似的捏了捏她的脸，那时候，他忽然发现，这些已经完全不够看了。

继而发现，也许，大二的时候，就不应该因为她不记得而放弃掉。

不过……

现在，或许也不晚。

3.

宋辞心情愉悦地回到寝室，刚打开门，就听见一个熟悉的声音。

"怎么就停电了呢……"李慕渊小声嘟囔，"那天晚上也太巧了，我都还没找见呢……"

没能找到十一看中的人这件事情，李慕渊从歌会的那个晚上念到现在，虽然他一直有控制自己，不把这份郁闷表现得太过明显，但他的不明显，显然只是对于他自己而言罢了。

越过全心和自己吐槽的李慕渊，邵梓琛一眼就看见站在门口的宋辞。

邵梓琛在心里默默叹一口气，点了点李慕渊的肩膀，然而那个二货却一爪子拍掉了他的手，继续念叨。

果然，有些人，智商天生就是缺乏的。

"十一真是过分，不动声色就开始了自己的感情路线，根本不管我们这些单身狗的死活！咳，虽然我也没让他管……可他一个字都不说，这也太不像话了，到底有没有把我们当兄弟啊，我以前每次看到可爱的女孩子都会和你们说的……"

李慕渊念念叨叨，也不知道是在脑补了一些什么，越想越气愤："我说，到底是哪个妹子啊，这么倒霉能被他看上，你瞧那张冰块脸，现在这天越来越冷，我觉着啊……"

宋辞眉尾一跳，出一根手指在李慕渊的背上点了点。

被戳到的人顿时僵住，然而一秒之后，又笑开来。

"我觉着啊，那个妹子真的太幸运了！能被这么优秀的大大喜欢，你看……声音好，长得好，成绩还好，这、这简直不能更完美了对不对！要是我是个妹子，那妥妥爱他啊！"

说完，李慕渊带着一脸灿烂的笑转头："哎哟，十一你回来了！真巧啊，哈，哈哈……"

宋辞："的确很巧。"说完之后，越过笑僵了脸的李慕渊，他把包往桌子上一扔，分明没有对李慕渊有什么动作，但李慕渊依然条件反射似的缩了缩脖子。

邵梓琛放下书摇摇头："尿。"

"你大爷的说谁尿了！"李慕渊噌地弹起来，却在接收到宋辞的眼神时立马又坐回去，憋了半天憋出来一句话，"我说，那个……等会儿吃什么？"

在背过身去的那一瞬间，邵梓琛不自觉地笑出声，但很快又压下了嘴角："吃什么先不论。你刚刚说，如果你是个女孩子，绝对会爱上十一？"

宋辞心领神会："不敢当。"停了停，又弯了嘴角加上一句，"或者，你问问勺子同不同意？"

"哈？"李慕渊一下子没反应过来，但很快又想到什么，"好好好，我知道你们俩是'可听'的官配，但也没必要连说话都一起怼我吧。"说着挑挑眉，"或者，你们不只是被凑出来的？哎，等一下……那天歌会里的……"

李慕渊的脑洞也不知道开到了哪里，忽然变得一脸惊恐，颤抖着手直直指向邵梓琛："那天歌会里的不会是你吧！"

静默片刻，邵梓琛干笑两声搭上宋辞的肩膀。

"嗯，被你发现了。"

然后两个人一起开始欣赏某人一副信以为真的呆愣模样。虽然不厚道，但不得不说，身边有一个人家说什么他就信什么、随时随地可以用来逗着玩的迟钝二货室友，的确是一件让人身心愉悦的事情。

而李慕渊……

对着勾肩搭背的两个人，他忽然觉得风有点儿大，虽然他也不知道这寝室里哪儿来的风,但那是一定有的。不然,他怎么觉得现在的自己这么凌乱呢?

4.

休息了两个星期,夏杨的扭伤已经好得差不多了,前阵子让小伙伴们给她轮流带饭,觉得挺麻烦大家的,所以,在她能下地走路之后,这几天她都是和梁缇柳出去吃的。

但今天不一样。

从下午开始,梁缇柳就一直捂着肚子坐在床上念着想去吃这里吃那里,而夏杨虽然被梁缇柳磨了很久,却依然恍若未闻地坚守在寝室……下音频。或许也可以这么说,她不是恍若未闻,而是身体自动屏蔽了外边的声音和信号,她是真听不见。

这种网瘾少女简直让人无计可施,对于自己比不过电脑这件事情,梁缇柳跳下床,郁闷地站在夏杨的桌前,满脸不甘心地站在原地又是念了好一阵。可也就是念着的时候,一个不小心,她余光瞥到夏杨的电脑页面。

等等,那个页面……怎么好像有些熟悉?

原本碎碎念着的梁缇柳顿时停下,在一瞥之后,她整个人像是被定住了,脸上浮现出各种表情,变来变去,实在是有些精彩。然而,变到最后却只是轻轻笑了笑,那个笑里满满都是不明的意味。

"既然你不去,那么,我就不打扰你了哦。"

一心沉迷在电脑上的夏杨显然没有注意到梁缇柳的情绪变化，等她回过神来的时候，梁缇柳早就自己出门了。

而让夏杨兴奋到忘乎所以的东西，究竟是什么呢？

其实，不过一个录音而已。

但那是十一的官方群里分享的歌会录音，修过的版本。夏杨兴奋了一下午，好不容易下载好，之后便一个人窝在寝室里默默听。

听说，那晚上的歌会，十一唱了好几首，全部都是谢衣的同人歌，后来甚至还吸引了一些外边的游戏角色粉，整场歌会人气爆满。

虽然中间十一大大说网络出了点问题，暂停了一段时间，后来都是拿手机登的，所以音质受到了影响，但她觉得，就算没有粉丝滤镜，十一大大唱的歌也还是很棒很棒超级棒！

对啊，有这样的唱功和声音，什么杂质都可以忽略不计了吧？

夏杨心满意足地把录音听了两遍，到这时候，才发现……自己的肚子好像有点饿。

她瞥一眼时间，七点半。

她叹了口气，随便在睡衣外面套了个外套，准备去超市买点小零食垫肚子，然而，万万没想到，刚刚走出寝室门口就被叫住了。

有一道熟悉的声音自身后传来，如果在平日里，能看见他，她一定很开心，然而……

她低头望一眼自己的装扮，实在有些不想答应。

几步绕到夏杨面前,面容清俊的男生笑笑,低头瞥一眼她的脚踝:"哟,不瘸了?"

"你才瘸!"夏杨按住自己突然发颤的心脏,做出一副不耐烦的样子,像是恨不得原地蹦几下,"早就可以走路了好吗。"

时旭挑眉:"所以自己出来觅食了?"

"怎么听起来像是在说某种啮齿动物。"夏杨斜了眼睛,"所以你没事往这边走干什么?你们寝室离这儿不是挺远的嘛!"

毕竟是自己喜欢的人,面上再怎么不动声色,看着随意,夏杨的心里也还是有些紧张的。可大概是真的脑回路和别人不一样,别的女孩子都知道把自己的心情表达出来,她却总是一味伪装,装成对他完全不感兴趣的样子,说话也好像特别放得开。

有人见了喜欢的人会腼腆无言,有人却会一反寻常的性子,变得格外多话。其实这都是专属于一个人的小变化,可后者这种情况实在寥寥无几,兴许就是这样,才不会被喜欢的那个人注意到。

虽然夏杨最初的想法只是希望能够和他更接近一些,可现在……一想到跟自己喜欢的人处成了他眼中的兄弟,她就想为自己掬一把泪。果然,不是每一个人都知道该怎么去喜欢别人,这份暗恋真是怪不容易的。

"我下午有个实验,刚刚做完,还没吃饭,想着犒劳一下自己,去撸个串。"

"撸串?"在听见这两个字的时候,夏杨的胃和她的嘴巴一起发出了声音,"正好我也没吃东西,带上我呗?"

时旭故意重重叹了一声:"算我倒霉。"

而夏杨握着小拳头捶了他肩膀一下:"认命吧少年。"

两个人一路说说笑笑,完全没有注意到旁边寝室楼上某人落在他们身上的目光。

宋辞沉了脸色,深深吸了口气。

"我出去一下。"

宋辞因为做设计做得有些疲乏而去阳台上透透气,本来是想望一望远方缓解一下眼睛的胀痛,却在不小心低头看见了某一幕之后,他现在不止眼睛,连头也开始痛了。

宋辞随手拿了外套就准备走出去。

"你出去?那回来帮我带个饭。"邵梓琛从屏幕前抬起头,瞥到一边熟睡的某人,又不自觉地放轻声音,"等等,两份。"

"好。"

伴随着这个回答响起的,是很轻的关门声,半点也没有打扰到睡得肚皮都露出来的李慕渊。大概是冷,李慕渊在睡梦里嘟囔,挠了挠肚子,而邵梓琛头也不抬,径直抓起自己的外套朝他丢去,稳稳落在他的身上盖了个严实。

没办法,毕竟是团宠,欺负归欺负,该照顾的时候还是得照顾一下的。

5.

每个学校门前似乎都会有小吃一条街,而在这里,不短的街道上,某家烧烤摊前聚集的人是最多的。也许不干净,但人家的味道放在那儿,香辣可口也不贵,还是能吸引不少人。

"还好来得早,这会儿都没座了。"某个座位上,夏杨拆着筷子,环顾四周,"嘶……"

"怎么了?"本来想打趣几句,却发现了夏杨的异样,时旭立马抬起头凑过去,"被筷子上的倒刺扎着了?"

夏杨的手指正一点点往外渗血,时旭见状,抓住她的手拿矿泉水冲洗,直到血止住,这才递过去一张纸。

夏杨微怔,接过纸按在指尖,看上去毫不在意,眼神却微微闪躲。

"谢了。"

"嗯,多大点事儿。"时旭说完就转回了头,什么多余的反应也没有。

被木刺扎到的地方,除了痛感之外,还有些轻微发痒,夏杨稍稍用力,止住了指尖的酥酥麻麻,却止不住心底传出来的相似感觉。

说起来,夏杨一直觉得时旭的侧脸棱角分明,笑起来的时候,线条尤其好看。特别是刚才,水流从指间滑过,他低头看她细小的伤口,嘴唇微微抿着,下巴轻收……

可事实上，时旭只能算是清秀干净，并不特别帅气。不过那又怎么样呢？管他事实如何，没有谁能保持纯粹的理性，尤其是在感情里，喜欢的就是最好的。

在她的眼里，他就是很好看，而在意的人担心自己的表情也总是让人心暖。

"到底是有多不细心，小孩儿似的。"时旭夹了一筷子肉片放在她的碗里，这样说道。

而宋辞走到夏杨身后，听见的第一句话，就是这句。也是因为这个，他面无表情地扫了时旭两眼。不过，虽说面无表情，但他的眼神却是犹如实质。

在被盯上的第二秒，时旭便发现并且对上了宋辞的目光。

"这位同学，请问你是有什么事吗？"隐约在对方的眼神里捕捉到几丝说不清的东西，时旭试探着开口。

夏杨闻言，顺着时旭望的方向回头。

"学长？"在看见宋辞的时候，夏杨明显有些意外，"你也来这儿吃东西吗？啊……这里似乎没有座了，不然你和我们拼一下？"一边说着，一边望向时旭，似乎在用眼神问他介不介意。

在捕捉到夏杨和时旭无声交流的时候，宋辞不知道为什么，心里某个地方忽然有些不太舒服。这一份不舒服，与他知道"十一"是夏杨男神时候的心情相对。

毕竟看过她的微博，宋辞非常清楚她对于十一的喜欢，只是单纯追星的那种，而在现实生活里，她有在意的人。然而，知道是一回事，看到是一回事，一码归一码，即便代入感再怎么强，那也没有谁能在遇到之前预先明白这种感觉。

宋辞坐在夏杨的左手边，敛了敛心神，让自己看起来不至于太过莫名其妙。

"刚刚在一边找座位，没找到，看见这桌有认识的人，就过来了，希望没有太打扰你们。"

宋辞这么说着，一副清疏礼貌的样子，时旭却怎么听怎么觉得不对，还顺便在他和夏杨之间打量了几轮，总觉得周围似乎弥漫着一股微妙而不可言说的气氛。

现在看来只是一些揣测，但是，在不遥远的将来……

某些事实证明，他的预感是对的。或许这就是男人的直觉？

"没什么，这里本来就有空位，你来了也不挤。"时旭开了句玩笑。

宋辞很配合地笑了笑，那笑意却明显没有到达眼底："谢谢。"

没有注意到他们之间"奇异"的交流，夏杨低着头，认真地在分离烤茄子的肉和皮。等到把它们全部剥离，她才终于抬起头来，顺手似的夹了一筷子放到时旭面前的碗里，而时旭极其自然地就这么吃了它。

"今天的茄子味道不错啊！"时旭笑着又夹了一块。

他一直把夏杨当成兄弟，在这样的关系下，好像什么都顺理成章，也正因如此，他没有注意到她眼睛里亮晶晶的神采。

"对啊，今天烤得超好吃。"

"喀"的一声，宋辞掰开筷子，力气不小心使大了些，于是不动声色又换了一双。等到弄好之后，他面无表情地伸向烤茄子——不好吃。

在腹诽的同时，宋辞把那份茄子吃了个干净，并不愿意多想，从来不爱这种蔬菜的自己为什么要勉强吃完一整份茄子。

"学长也喜欢这个吗？"夏杨举着筷子问。

宋辞一顿，口是心非地应了声："嗯。"接着，就在望向她的时候，他瞥见她微微泛红的手指，"你刚刚被木刺扎到的地方，是不是还在痛？"

被他这么一问，夏杨才发现，似乎……是还有点儿痛。

"刺还留在里边，没有挑出来。"宋辞凑过去了些，握住她的手指，刚想动作又停了停，"我帮你弄出来，但可能会有些痛，你忍一忍。"

"哈？"

这一刻的夏杨，其实有些蒙。因为对于她而言，现在的情况，就是自己吃着吃着被学长问了句话，然后就握住了手。虽然知道学长只是人比较好、关心自己，这个动作也是为了帮她弄出手上的刺……可不知道为什么，在对上他眼睛的那一刻，她忽然有些慌。

也许是那双眼睛和那个声音都太过温柔，温柔到，说出来的每一句话，都像是在说情话。等等……什么叫每一句话都像是在说情话？夏杨被自己的想法吓了一跳，没事玩什么神展开，她在瞎想什么呢？

见她走神，宋辞没有半点儿不耐烦地又问了一次，一副好脾气的样子，反而弄得夏杨不好意思，但还是匆忙看了时旭一眼就想收回手。

"木刺好像是还在里边，我自己来吧……"

看到这里，原本只是觉得微妙而已，现在却被这个动作点通。迟钝如时旭忽然开了窍，觉得自己好像发现了什么东西。

只是，那些东西，该发现的人，却一直没发现。

6.

自己弄了半天都没把刺挤出来，反而是挤破了伤口，出了些血，夏杨的耳朵忽然变得有些红，也不知道是急的还是被盯的。

没有谁不希望能和自己喜欢的人待会儿，尤其是单独待在一起。就算不做什么，单单是那种感觉，就已经很好了。夏杨自然也不例外。

虽然对于自己这身装扮很不满意，但在看见时旭的时候，她的第一反应还是叫上他一起吃东西，心底想着的，只是希望多和他待一会儿。可这样的计划被宋辞打破了。好吧，这其实也没什么，毕竟是帮过忙的学长，在人多的饭点拼个桌子也不是多大的事。

然而……

为什么后续发展，也就是现在，会莫名让她有一种诡异的窘迫感？

"自己大概不好弄，我帮你吧。"宋辞说着，动了动身子，不动声色地挡住了时旭投向夏杨的目光。

自从看明白了眼前这个人的心思之后，时旭便一直在打量他，出于对兄弟的保护，时旭还想知道这到底是一个什么样的人。

在时旭的眼里，夏杨的性子很软，反应也慢，看起来好欺负，导致身边的人总是喜欢逗她。不过，就是这样温软的外表下，她却总有自己的坚持，很多事情都能做得很好，从不需要别人担心。

可就算这样，就算从心底把她当哥们，时旭却一直认为，她是需要人来照顾的。但夏杨似乎不太会看人，和谁都熟，这点让人有些担心。

抱着把关的心态回忆起刚刚宋辞看过来的眼神，时旭觉得，这个人大概不好接触。看上去冷冰冰的人，都不会有多好接触。

可想着想着乍一回神……

这时候，宋辞已经帮夏杨拔出了刺，在让她用矿泉水冲手。

由于注意力一直放在宋辞身上，时旭甚至注意到宋辞佯装不经意拿起她面前的木筷，接着把上面的倒刺剔除掉的细心动作。

看着他耐心温柔的样子，再联系起他刚刚望向自己的眼神……这对比有些强烈，却也能够让抱着一种"娘家人"心态的时旭稍微放下些心。

好在夏杨不知道时旭在想什么，毕竟是自己喜欢的人，否则的话，估计她会心塞得厥过去。

只是，时旭在观察着宋辞，夏杨却是满心都放在时旭身上。在看见他露出明显出神的表情的时候，她也跟着走了个神，只是，她想的全都是他在想什么，以及自己什么时候可以把手收回来。

　　虽然被帮助过，但到底只是一个不熟悉的学长，她也还是会别扭的。

Chapter.4
怎么忽然就认真了呢

1.

这两天李慕渊很明显感觉到寝室里的气氛不对劲,究其原因,总共有两点。

一个是室内压强明显比室外低,整得里边空气稀薄,弄得人呼吸困难;另一个是寝室温度也比外边更低,阴森森的,弄得人浑身发冷。但这都不是关键,最郁闷的就是,这寝室里只有他有这感觉,而邵梓琛像是没有受到一点儿影响,好端端坐在那里。

李慕渊抱着被子,将目光从邵梓琛身上收回来,转向身边散出冰冷低气压的人,缩了缩脖子。谁能告诉他,那个人是怎么一回事?

李慕渊没有胆子问原主，于是在手机上暗自戳了一下邵梓琛，却只得到一句"去吃饭"的回复，当时李慕渊差点儿就怒摔手机——小爷问你事情呢，不回复就算了还转移话题，看你这样子绝对是知道什么的，居然半个字都不说，还有没有室友爱了……

"听说外边有家新开的店，那里的西红柿牛腩很好吃，我请。"

在手机再次亮起的那一瞬间，李慕渊心底的弹幕被"啪叽"一下按停，取而代之的是他飞快套上卫衣和外套，堆着笑爬起身来就要往外走。

"快点儿，马上要到饭点了，都没座了！"

邵梓琛轻笑一声跟在他后边，什么也没说，只是边走边给某人发了一条信息，在收到回复之后，露出个满意的表情，瞥了一眼宋辞，露出个意味深长的笑。

认识这么久，在邵梓琛的记忆里，宋辞连一时兴起的时候都没有过，也很少被谁或者什么事情影响到情绪。

本以为这种家伙很难喜欢上谁，就算会出现那样的人，也需要时间来考量，没想到这么突然，还这么认真。这还是第一次看见这样的他，怪新鲜的。

邵梓琛这样想着，在听见李慕渊催促的声音之后，轻应了声，跟了上去。

——请问是咩上吗？我是可听的翻唱，今晚大概七点的样子，可听晚上在YY会有广播剧社的小聚会，如果有时间的话，要不要来玩一玩？听说你挺喜欢十一的，他也会在。

食堂里，夏杨刚刚吃完东西就看见手机上蹦出来的信息，是来自可听广播剧社群的一个未加好友，她拿纸擦嘴角的手顿了一下，先戳开了对话。然后，就在戳开的那一瞬间，她几乎就双手捧了膝盖想献上去……

"勺子大大？"夏杨的脑子有那么一瞬间的空白，甚至连声音里都带上了些颤意，"真的假的……"

十一是可听的创始人，主攻广播剧，但可听的创始人并不止一个，而另一个是翻唱圈大神，圈名勺子。在从前，夏杨也萌过勺子的声音，他的音色偏于华丽，唱功在翻唱圈里也是超级良心，并且情感极佳，唱什么歌都给人以深情款款的感觉。

只是，后来彻底爱上十一的声音之后，勺子的翻唱她就慢慢听得少了，毕竟她也不是博爱党，追星有时候也是讲究专一的。

夏杨愣了好久，花了好长时间，才将自己散得跟宇宙大爆炸发射出去的物质一样的思路一点点捡回来。

勺子虽然知名度不及两栖的十一高，但也是抖根腿毛都比小粉红的大腿粗的人物，这一点且先不说，但现在的男神和曾经的男神在最近一段时间都和自己有了交道，这酸爽……

真是让人难以置信。

夏杨捧着手机回复信息：有的有的！不过我真的能来吗？听说内部聚会都不让粉丝进去旁观……可以的话，谢谢勺子大大！

——嗯，内部聚会……没关系。

不知道为什么，夏杨在勺子那句"内部聚会"上，看出来一些微妙的感觉，好像这短短四个字里边还藏了些什么别的话，只是她读不出来。没来得及深究，她又看到了回复。

——那么晚上YY见，房间号79389，到了以后直接下去子频道，帮十一说一句等你。

帮十一说一句……等你？这是什么意思？夏杨懵然地抓着手机，像一只呆愣在原地不知道反应的仓鼠，嘴里还鼓鼓囊囊塞着食物，嚼也不嚼，就只是这么呆呆地看着。看了一眼时间，七点，那就是半小时以后？正好没什么事……

不过在这种情况下，有事也会自动转换成没事。

心底的激动几乎堆成了喷薄着的火山，夏杨的嘴角都要咧到耳朵边了：好哒！

没有多长时间，也就是在吃完饭回来之后，李慕渊站在门口犹豫了一会儿，他抱着纠结的心态推开门，里边的人却是微微笑着坐在电脑前边，正常得近乎不正常。而之前那些什么低气压啊冷空气的，都像是幻觉一样。

这男人的脸怎么也和六月的天一样，说变就变呢？

抱着这样的疑惑，李慕渊仗着宋辞心情不错的样子顺口就问了出来，而邵梓琛在后边关上了门，扬了扬唇，深藏功与名。

如果是内部聚会的话，家属自然不算外人。

更何况最近寝室里的气氛实在有些奇怪，作为某只团宠家长式的存在，他需要从源头入手，维护寝室安定和谐。

2.

坐在屏幕前边，夏杨望着上面闪过的一个个名字，忽然有点不敢说话……

这就是传说中的"妈妈问我为什么跪着玩电脑"系列吗？大神啊，都是大神啊……正在心底这么念着，麦序忽然上来了一个人，十一。

说起来，那天歌会之后，她在第二天一早就去交了话费充了流量，然后飞速解释自己前一天的状况，也稍微和十一大大借着这个机会聊了一下。可那之后，他们就再没有说过话。

粉丝心态里有一种情绪，那就是会把自己放得很低，所以，夏杨就算每天捧着手机翻聊天记录，也没再敢主动去戳十一，生怕自己打扰了他，也担心男神会因为这样而感觉到困扰。可事实上，面对这么善解人意又乖巧的小粉丝，宋辞的内心是复杂的——夏杨的不打扰和不联系，总让他怀疑她是不是真的喜欢他。

也许因为是第一次喜欢上一个人的缘故，宋辞在这方面总是有些纠结，纠结得有点儿不像平时的他，情绪也因此反复得有些厉害。可这些意外并没有持续多久。

对于一个习惯了主动出击和争取的人而言,他大概会因为一时无措而慌乱,却绝不会因为这样而变得畏首畏尾,不知行动。

——咩上?

刚刚看见十一上了麦序,夏杨就在 YY 上接到私戳。

她赶忙回复:嗯嗯,大大我在!

——今天你怎么会来?

没有什么特定的感情指向,这样的话,怎么解读都可以。

而夏杨明显读错了。

在看见这句话的时候,她原本兴奋的情绪蓦然低迷下去,有些不知道怎么回。十一大大这是觉得她不该来吗?不过也是,到底这也是可听的内部聚会……

夏杨恹恹垂了头,像棵被霜打了的小白菜似的:大大对不起,我就是好奇,想旁观一下,如果给你造成困扰了……

这句话还没发出去,那一边就像是读到了似的,又发过来一句话。

——我的意思是,你能来,我有些意外,但也很开心。不过这个聚会是谁告诉你的,外边似乎不知道。还有,上一次其实我准备了几首歌,可惜你只听见一首。

准备了几首歌?可惜她只听见一首?意思是……那都是为她准备的?

十一发来的这句话里像是带着遗憾,遗憾她没能听到他为她准备的歌。而夏杨在接收到这句话里的遗憾以后,几乎开心得要喊出声来。

小白菜立马从蔫哒哒恢复成水灵灵:虽然没能听到现场,但是我有听录音的!大大唱得超级赞!这个聚会,是勺子大大告诉我的……

电脑前的宋辞转身,对上给李慕渊递水的邵梓琛,然而一眼之后,又转回来。

——你认识他?

李慕渊吸了吸鼻子,隐约闻见寝室里漫开淡淡的酸味。

很快,"这里有咩不吃草"就有了回应:我知道大大,可是大大不认识我啊。只是可能大大碰巧在群里看见我,就问我要不要来凑热闹……讲起来,勺子大大还说,帮十一说一句等我。嗯,这个……勺子大大是开玩笑的吧?

宋辞看见的,是一句小心翼翼地试探。绝大多数人,都不喜欢言语中的试探,不论是带着怎样的情绪,不论在什么情况下,或多或少,都难免让人不舒服。

这一次却是例外。

宋辞对着那句话若有所思,半晌,轻轻笑笑。

——嗯,因为他知道,我希望你能来。

夏杨惊得捂住嘴巴小小低呼了声。

不远处的梁缇柳握着手机登着YY，对着"这里有咩不吃草"的ID，正发着呆呢，就被夏杨那声轻呼给打断了。满脑子的八卦还没能理清楚，就这样被迫回到现实，一时间，她望向夏杨的眼神有些复杂。

"夏小杨。"她索性丢了手机，轻咳一声，"看什么呢，怎么这个表情？"

夏杨一脸呆愣："没什么……我、我有一种在做梦的感觉……"

"做梦？"梁缇柳挑了挑眉头。

她和李慕渊本来就认识，都在可听的社团里，又加上大家都是同校同系的，这样下来，自然也就知道"十一"和"勺子"的真身。

女孩子，好奇心总是有些重的。尤其在和几乎混成"姐妹"的李慕渊进行了一次友好交流，又被邵梓琛提点了几句之后，梁缇柳对"咩上"就更好奇了。

在这种情况下，她找到了咩上的微博，在观察了一段时间之后，她忽然发现，自己好像知道了什么不得了的事情。她怀疑，那个小粉红写手，是自己的蠢萌室友，并且，那个蠢萌室友上次刚被她看见在下"十一"的音频。

要这样说，那么，宋辞和夏杨……

"什么做梦啊，做了什么梦？说来听听呗。"梁缇柳装作一副什么也不知道的样子，"看你这个表情，还挺让人好奇的。"

夏杨犹豫了一下，看了梁缇柳一眼，就全部交代了。

"是这样的，我在二次元里，有一个男神。"她摸摸耳朵，"我一直觉得，男神离我还挺远的，但最近这阵子，我们的交流有点多，其实我一直都是反应不过来的状态……尤其是刚刚……"

"刚刚怎么？！"夏杨说话很慢，梁缇柳听得着急，眼见着要到关键地方，不成想她忽然停下，弄得梁缇柳一个激动，声调都几乎扬得飞起来！但很快，她意识到了自己的异常，"咳，我是说，刚刚怎么了？"

梁缇柳强行正经脸："你看起来的确就如你所说，一脸反应不过来，这种时候，可能……唔，需要有人开导。"

夏杨点点头："似乎是这样……就是，我去了他们频道的内部聚会，本来以为大大私戳我，是因为嫌我太过逾越，可刚刚大大说，他之所以那么问，是希望我能来……"话说到一半，她忽然挠头，"算了算了，我这样说你也听不懂啦！没有前因也没有后果的……"

然而梁缇柳在心底暗自笑了一声，一副懂得不能再懂的模样。

年轻人，你还是太单纯啊，嘿嘿嘿！但梁缇柳却没有表现出来："啊，既然是这样，那你就不要说了，也不要多想。"

她转过身，终于抑制不住地挂上一脸餍足的笑，这种得到第一手八卦的感觉，真的只有一个字，爽！然而她的声音却是体贴的："说不定你男神是真的对你很有好感呢？为什么为难自己去纠结那么多东西，你只是过于崇拜他，所以觉得他远，但说不定其实你们很近呢……"

望着梁缇柳的背影，许久，夏杨忽然开口，说的是与之无关的话，也不知道，这短短的时间里，她又想了些什么。

　　"我有很多事情都没有告诉过你，包括自己的爱好和平常做的事情，其实不是没有拿你当朋友，只是习惯了圈地自萌，再加上它们比较小众，所以不知道该怎么和别人分享。也许是习惯了在网上打字，很多时候，我甚至都不知道怎么开口说话。"

　　梁缇柳闻言，愣了愣："怎么忽然说这个？"

　　"就是想告诉你。"夏杨摇摇头，笑笑，"因为你一直都是很真诚的样子，这样对比起来，我好像很冷漠。"

　　在交流上，不善言辞是一件很吃亏的事情。因为很多东西不知道怎么表达，所以连重视都显得不那么真诚，也正因如此，这样的人，朋友总是不多。

　　"我知道的。有人就像你，不善于表达，也有像我一样的人，天生自来熟。其实我们都一样，我觉得你很好。"梁缇柳走过去，拍拍她的肩膀，"不是不讲出来就没有人懂的，人和人之间，最基础的交流或许是语言，但咱俩谁和谁啊，朝夕相对的。再说，我多善解人意啊！"

　　夏杨坐在椅子上，仰着头，眼睛亮晶晶的："嗯！"

　　某只咩没有说什么谢谢或者表示感谢之类的话，只是一个"嗯"，但从她的眼睛里，梁缇柳却读出了她没表达出来的意思。重重点头，梁缇柳忽然觉得心里头热乎乎的。

　　就冲着蠢萌室友这句谢谢，也得帮她拿下她男神啊！等等……梁缇柳转头想到宋辞的态度，忽然觉得，自己似乎也不是在帮她，更多的，怎么……

怎么像是在帮十一拐孩子呢？

3.

麦序上的十一已经排到前边了，但从头到尾，他没讲一句话。

其实可听的聚会，他每次都会来，只是大多时候给人的感觉只是挂着号在干别的事情，从来不曾让大家抱他上麦序，这次却是例外。也正因如此，大家也都理所当然地以为，他是有话要说，才上来的。

然而，等了半天……

梁缇柳对着手机摸下巴，小心翼翼地回头望一眼夏杨。

所以，十一从开始到现在，一直在私戳她，聊到现在？那他要求上麦序干什么？为了显眼，给某个人刷存在感吗？

正想着，耳机里忽然传出熟悉的声音，十一微微压了声音，也不知道是不是错觉，梁缇柳对十一算是很熟悉的，但今天，她觉得，他的声音……格外……撩？

"刚才有点儿事情，没开麦。"说着，那边的人轻笑一声，像是看见了公屏上的什么话，"嗯，那就唱首歌吧，也省得你们一直觉得我没有参与感。"

天哪……这还是十一吗？说好的清冷公子音呢？这略微拖长的尾音，这藏在话里的笑意，简直诱到骨子里去了好吗？！

"咩上，你能开麦吗？"

闻言，梁缇柳回头，果不其然，某只咩已经红了耳朵，并且像是感觉到了她的目光，夏杨抬起眼睛，正好和她对上。

两个人同时把目光挪开，意外地默契。

下一刻，梁缇柳就看见公屏上，咩上打的字：大大抱歉，我最近嗓子有点儿不舒服，可能不方便说话。

什么嗓子不舒服？梁缇柳皱了皱眉。我怎么不知道？所以就是借口咯？

对于夏杨不愿意和人聊自己的喜好这件事情，梁缇柳虽然不明白这是为什么，但还是很能接受。每个人都是不一样的，也许你认为这不是什么大不了的事情，别人却不会这么看，梁缇柳一直知道，所以从来没有怎么问过，因为觉得，怎样都很正常。

梁缇柳心很大，夏杨却总是敏感，这或许就是她们的差别，但性格上的互补，有时候也是维持友谊必备的条件。

梁缇柳暗自笑了笑，在公屏上打了句"心疼咩上，摸摸头"。这种对方阵友分明已经暴露了，但是夏杨没有发现，还以为自己隐藏得很好，并且对于身边隐藏的这个卧底毫不知情。

身为卧底的梁缇柳觉得这种不为人知的感觉……真是美妙。

"是着凉了吗？"十一的声音里带上几分关切，"最近天气反复，多注意。"

她刚刚听见十一的话，还没动手打字回复，一下子就打了个喷嚏。也许有些谎是不该撒的，不止没必要，还容易成真。

这时候，梁缇柳一脸震惊地转过身："夏小杨，你真着凉了？！"

夏杨愣了愣："什么叫……真？"

"啊，没有，我的意思是，你是不是着凉了？"梁缇柳像是在掩饰什么，摆摆手，"那什么，你嗓子怎么样？"

"没有，只是刚刚忽然鼻子有点儿痒，应该没着凉的。"夏杨说着，清了清嗓子，不过怎么喉咙好像还真的痒起来了？

耳机里的声音顿了顿，十一沉吟片刻，在他不说话的这一分钟里，整个频道里的人都像是静默了。夏杨并不知道，就因为刚刚那个插曲，"可听广播剧社"里的人默默就开了个小小的讨论组，组名叫"关爱空巢老大"，分类——八卦、聊天。

"可是，你的声音，听着像是真的有些哑。"

在十一这句话传出来之后，夏杨才发现，自己不知道什么时候被人抱上了麦序，并且，似乎是刚刚打喷嚏的那一下，无意中按下了键盘上开启话筒的键。她微微瞪大了眼睛，以迅雷不及掩耳之势按停了话筒，关闭了说话。

也许真的是鸵鸟性格，她习惯了将自己封闭在小小的世界里，不表达也不交流，总是学不会怎么和人好好说话，遇到事情的第一反应，就是先逃再说。

包括这次，在听见男神对自己的关心，她也还是习惯性先关闭了话筒。

并不知道，在不久后的某一天，自己会那么勇敢地走出来，站在一个人的面前，言语清楚地表达自己的心意。如果因为喜欢一个人而变得卑微，这或许不是一份好的感情，但若是能因此变成更勇敢、更好的自己，那么……

不能说什么好不好，那该叫幸运。

4.

宋辞在听到夏杨倒吸气随后立马按掉话筒键的声音之后，顿了顿，随后在眉眼间带上几许温柔的神色，像是无奈，话却说得一本正经："天冷了，该穿秋裤了。"

公屏：

这里有咩不吃草：……什么？

软妹倒拔垂杨柳：这就是传说中的有一种冷叫你男神觉得你冷？

勺子：有一种冷叫你男神觉得你冷。

临渊不慕鱼：有一种冷叫你男生觉得你冷。

软妹倒拔垂杨柳：楼上错字受，鉴定无误。

总裁大大：楼上不要破坏队形，楼下接着，有一种冷叫你男神觉得你冷。

……

很快，公屏就被这一句话刷爆了，而夏杨坐在屏幕前边，好长时间回不过神。

"好了，别刷了，再刷我要禁言了。"十一的声音很轻，却像是含着几分威胁的味道，"那么，就照之前说的，我来唱一首歌吧。嗯，是一首同人歌……"

在前奏响起的时候，夏杨更加反应不过来了，十一大大最近唱谢伯伯的同人歌唱得好多啊。所以，这个意思是，我男神的男神也是我男神吗？

与夏杨的走神相对，"关爱空巢老大"的小群里，倒是炸开了锅。当然，每一个人的重点，都在老大十一和这个有可能是大嫂的小写手"咩上"的关系上。

策划/南岭北：当初广播剧的授权是哪个策划去找的咩上？谁能科普一下老大是怎么和咩上嗯嗯哼哼的？

填词/初昱：嗯嗯哼哼是什么鬼？我说这话看起来怎么这么别扭呢，怪不可描述的。

后期/明朝酒醉去撩妹：这些不是重点！重点在于，老大最近很反常啊！哎，勺子和K不是老大现实里的亲友吗？人呢？

策划/南岭北：呼叫勺子！

填词/初昱：呼叫勺子！

李幕渊看着群里小伙伴们的聊天记录，气鼓鼓地回复：为什么呼叫勺子不叫我？我也是十一现实里的亲友啊！

策划/南岭北：所以你知道啥？

披着名为"临渊不慕鱼"马甲的李幕渊：……

勺子：我就一句话，据我所知，十一这次是真的。至此。

李幕渊本来手速飞快地在对话框里打着字，然而在看见这句话之后，猛地一抖，丢了手机就往邵梓琛那儿跑，趁着宋辞戴着耳机唱歌不方便观察他们，一个劲儿和他咬耳朵。

"你刚刚在群里说的是什么意思？看起来你好像知道很多内幕啊，为什么不告诉我？！快快快，说说说，怎么能一直瞒着我呢……"

邵梓琛毫不留情地推开李幕渊的脸，接着抹了抹被热气弄得有些痒的脖子，一脸淡定："想知道，自己问十一，我不参与八卦。"

一句话浇灭了李幕渊的热情，他哼哼唧唧坐在边上："你分明是因为知道才不参与，不知道的时候，你不也会参与吗，哼……"

丝毫不理会李幕渊的不满，邵梓琛微一扬唇，或许是吧，不过那是从前。这一回，他还真不好说。因为，这一回，他是真的不知道能说些什么。

5.

十一唱完歌之后，晚上公会的语聊里，大家各种调戏咩上，而十一各种护着她，完全不怕被人看出来，并且全程带着谜之微笑，让寝室里的李幕渊起了一身鸡皮疙瘩。

然而，就在鸡皮疙瘩掉落之后，李幕渊忽然就握紧了拳头。

如果是之前只是好奇，那么，现在，就是相当好奇了！何以解之，唯有一问。

　　于是，就有了聚会语聊结束之后，阳台上的这一幕。
　　宋辞原本只是出来抹一把脸，没想到，抹完转身就对上了皱着眉头的李幕渊，他抿着嘴唇，一副话在嘴边却偏偏要说不说的样子，像极了装稳重的宝宝。
　　见状，宋辞拿了毛巾擦手，一派的姿态从容。
　　"有什么想问的，就问吧。不要憋死了。"
　　李幕渊再度抿了抿嘴唇。
　　"我以前没反应过来，但现在还是知道了些，对此，虽然好奇心占的比重很大，但也不完全就是这样。作为兄弟，我还是很想知道，你是怎么想的。"他的眉头轻微皱起，"我听说，策划找咩上要授权也就是上几个月的事情，CV名单确定下来，也就是这个月。按道理，你们也不熟才对，怎么就……"
　　就什么，后面的话，李幕渊没有问出来。
　　可是，不问出来，宋辞也知道他的意思。
　　——怎么就忽然认真了呢？
　　挂好毛巾，宋辞也开始顺着思考这个问题。夜里有些凉，星夜下边的男生侧颜清俊，他抬头，轮廓被冷光勾出一道银边，眼睫一颤，便像是抖动着星河月辉。

与爱情有关的话题，从古至今被讨论过许多次了，数不清，也并不新鲜。有人视它极高，将它捧上神坛；有人以科学解释，说那不过是荷尔蒙和内分泌的作用；有人觉得它可有可无，谈不谈恋爱对于一些人而言是没有影响的。

就像每个人都有自己的想法，每个人看待和对待爱情的方式，也都不尽相同。

宋辞对人对事总是严谨苛刻，干脆利落得不像是个学艺术的，反而，他的思维方式经常被人说类似于理科生。可这一刻，他难得放空自己，也许在李慕渊刚刚问那个问题的时候，他也应该发表一下自己的观点，或理性或感性，说出自己的理解。

他是打算说些什么的。

可就在宋辞开口的那一刻，又好像所有的东西都被扼在了喉头，思绪也尽卡在了哪个地方，他什么也说不出、什么都想不到。

为什么会喜欢上她？为什么会忽然认真起来？

在这个问题上纠结了许久，半晌，他的眼前也只浮现出她一个笑。

那一幕，在别人看来，也许没什么特别的，但他只要一想到，心就会变得柔软起来。情窦初开这个词，通常用在女孩子的身上，可宋辞每每回想起那时，总会觉得，向来对什么都无感的自己，也许就是在那个当下，被她的笑容捕获。

拥有这样笑容的女孩子，怎么可能会有人不喜欢呢？

他转向李慕渊，言辞简洁："那时候天气不错，而她对我笑了。"

——你怎么就忽然认真了呢？

——那天天气不错，而她对我笑了。

这样短的一句话，根本不足以解释那些复杂的感情，对任何人来说都像敷衍，可李慕渊知道宋辞并不只是随口说说。因为宋辞眼睛里带着轻微笑意，像是想到了什么美好的事情，字里行间丝毫没有随意的痕迹。

李慕渊垂下眼睛，难得地换下了惯常的无谓和戏谑。

作为兄弟，他是真心希望宋辞能好，也知道，虽然宋辞看起来冷淡清疏，做什么说什么都有条不紊，可事实上，那也不过就是个没有感情经验的人，和他们相同的年纪，也会遇到疑惑，也会有很多困扰。

在二次元的网络世界里混了这么久，李慕渊再怎么小白，也是知道一些事情的。

就拿他们的网配圈来说。他们的主要联系平台是YY，但YY上，因为看不见人，很容易误入歧途，毕竟配音圈里，除了正直的小圈子以外，其实大环境乱得就像是酒吧会所。有一句话是这么说的，你怎么知道电脑后边坐着的那个是人还是狗呢？

以前没细究过，但后来混圈，李慕渊才发现，确实就是这样。听了声音被迷惑了，再给对方配上一个长情的角色，就以为对方真是那样的人，但事实上，谁不会演戏呢？就连小孩子都是会骗人的。

也正因如此，他对于"十一"和"咩上"，会有一些担心。

不是平常玩笑里损着的担心十一拐了人家孩子,而是担心那个孩子不如面上简单,坑了自己兄弟。可现在几番对话之后,李幕渊发现,宋辞是有自己的打算和看法的。

或许是他想多了。

"好吧。"李幕渊单手拍拍他的肩膀,另一只手比出一个代表加油和支持的小拳头,"虽然我是不太支持网恋,但……"猛地顿住,接着一愣,"哎,等一下,你这不是网恋吧,你刚刚说她对你笑了?!"原本轻拍肩膀的手变成"重捶",李幕渊满脸疑问加兴奋,"意思是,你们在现实里认识?!"

在没有防备的情况下被捶得后退了一小步,宋辞深深地吸了口气。

"李幕渊。"

连名带姓三个字一叫出来,被叫的人就已经尿了下去。

李幕渊打着哈哈:"十一大大,你是不是想说,这么晚该睡觉了?啊,我知道,一定是这样!那么大大晚安!"

李幕渊手舞足蹈说完之后,飞快跑到自己的床上,鞋子一踢外套一甩就钻进了被子,反而弄得宋辞一下子没了脾气,站在原地哭笑不得。

而邵梓琛见状,摇一摇头,起身把李幕渊的鞋子摆到一边,再从地上捡起他的外套挂到衣架上,动作熟练得像是做过许多次了。然后,回到自己的座位上,继续做设计图。

今天也是邵·外人眼里的酷帅大神·实际是保姆·梓琛呢。

Chapter.5

摸摸头，不苦

1.

短暂的休息周就此结束，新课程段又开始了。

和大家被霜打过的样子不同，夏杨满脸灿烂地站在寝室楼下，眼睛里是几乎要溢出来的兴奋，就连前几天时旭像是话里有话那几句话都被她暂时抛在了脑后——

毕竟十一大大转了她的微博啊！

虽然那条微博没什么内容，只是她在为不知道怎么陷入的"抄袭风波"里懊恼的时候，顺手发出去的"心里苦"三个字。

——摸摸头，不苦。

在十一转完这条微博之后，夏杨的评论区立马就沦陷了，粉丝也瞬间涨了近百。

他们虽然不知道咩上那里的情况，但谁还不了解十一大大呢？他几乎不怎么和人互动，发出去的微博，除了宣传广播剧社就是发布自己的新歌，用这样明显宠溺的语气转发安慰，还是开天辟地头一遭。尤其这次他还是很明显在这场掐架里站了队。

要知道，十一，一个传奇的名字，不卖萌不卖腐不爆照不掐架不炒CP不互动……好像二次元司空见惯的他都不做，可就是这样，人气也不见低迷。有着那样诱人的声音和那样强的实力，性格神秘加上混圈早，对于粉丝们而言，十一大大简直就是神坛上的人。

也正因如此，关于他的任何一点风吹草动都足以引起粉丝们之间的小动乱。

在很久以前十一大大自己被掐的时候，他都没有出来吭过一声，这一次却这样明显地站出来，说是力挺都不为过，到底还是有些让人意外的。

事后，也不知道是哪里的力量，最开始在"咩上"的评论区撕她抄袭并且在微博挂她的那个人，很快就被扒出来其实是贼喊抓贼。

原来，咩上更新比较慢，常常一个故事要写很久。通常来说，在她发布一个章节之后要等好几天才会跟上下一章，因此，她的完结时间总是会拖很长。

而那个说她抄袭的人，却是在她的章节更新之后立马就盗走了，更新得比她快。接着，把情节之类贴走之后，又自己写了一个结局，因此，完结时间也在她之前。

这样子，明面上看起来，的确是那人比咩上的文更早完结。

虽然查更新时间之类能查出来，但真正爆事情的时候，消息已经散出去了，截图也只截了开坑和完结的时间。大家都只看消息，不说想不想得到，就算想到了，又有谁会真的一章一章去看什么更新时间呢？

之后，咩上自己也吐槽过，说自己的读者本来就不多，这难得能看见一个追更新的，还是为了抄自己。抄也就算了，还这么极品，也是让人有点不开心。

不过，在这件事被披露出来之后，各大论坛上开始挂出了抄袭对比的调色盘，那个最开始诬赖咩上抄袭的写手，在这样的事情发生之后，直接就退圈了。而从头到尾什么也没做的咩上，意外得到了一些关注。

原先虽然她也有些读者，但小粉红到底和大神啊紫红啊之类的比不得，可现在，单单从订阅和点击量来看，她都有些瞠目结舌，更别提微博评论那些了。

也许没关系吧，但这些事情，都是在十一大大那句"摸摸头，不苦"之后发生的。所以，夏杨就是愿意相信，这都是十一大大带给她的好运气。

嗯，或许只是随口一说，但这回夏杨倒是没有说错。

毕竟搜集证据和做抄袭对比调色盘的，的确不是她的读者和粉丝。

那几个晚上,在有作业的情况下,做完设计搜资料,连李幕渊看了都觉得困,偏生宋辞还能整天神采奕奕,三四个小时也能睡饱,让他不由得大为惊叹……

十一大大真乃神人矣。

站在寝室楼下,傻乐着掏出手机,对着那句"摸摸头,不苦"看了许久,夏杨没有发现,前边不远处望着她的宋辞。

此时距离上课还有好一会儿,甚至离他们约好的时间也还差将近半个小时,他原本还觉得自己下来得早,却没想到,她已经在这里等他了。虽然这种感觉还不错,但宋辞紧了紧背包带子,决定下次还是再早些出来,避免让她等。

早晨的风有些凉,这个时间,天也尚未全亮,光线微冷,不似晴日里的晨光泛红,而是浅浅带着蓝色。在这样的蓝色里,她静静站在那儿,手指抚过被吹乱的鬓发,将它拨到耳后,眉眼间全是满足的笑意。

有些画面,不需参与,单是看着就很美好。

然而如果可以选择,他还是希望参与进去。

就是这个时候,夏杨抬眼,正看见他,于是轻轻笑笑——

"学长,早上好!"

"嗯,早上好。"

2.

林荫路上，阳光被枝叶切得细碎。

夏杨抓着面包和牛奶低着头把脸颊塞得鼓鼓囊囊，走在宋辞身边，也不知道为什么，虽然她不擅长与人交道，但至少在和别人交流的时候，并不会有什么特别的感觉，却独独是宋辞，每次遇见他，她都会变得窘迫。

这个问题，她也觉得很奇怪，然而想了半天这是为什么，却是什么都想不出来。别说原因了，连点儿头绪都没有。

分明告诉过自己已经过去了不用想了，但在回想起刚刚那一幕的时候，夏杨还是觉得有些不好意思。嗯，具体而言，那是因为刚刚她看见十一大大的留言，准备回复来着。

虽然不是第一次和十一说话了，但每一次，她其实都会有一点点小紧张。

而夏杨在紧张的时候，因为担心自己打错字或者说错话，往往会反复检查许多遍，甚至会一字一顿地念出来，以确保发送出去的内容万无一失。

而刚刚，学长说顺便帮她排队买早餐。夏杨笑笑接受之后，就站在食堂门口刷微博了。也许是刷得太开心，夏杨完全没有注意到，宋辞是什么时候走出来的……

所以，在那样的情况下，她欢欢喜喜抱着手机，接连给十一大大发了几条私信。其实，那几条里，意思上有很多重复，论起来多是废话，她发得也很忐忑，生怕这样打扰了男神。可同时，她实在又抑制不住自己激动的心情，擦擦手心里的汗，一个人碎碎念着……

就在这个时候，前边传来一声轻笑。

很轻很轻，也不是嘲笑，可夏杨在听见的时候，却是立即僵了手指，一副做完坏事被抓包的模样，对上举着早餐同她打招呼的宋辞。

虽然当时的宋辞只是因为觉得她很可爱，忍不住才笑的，但夏杨显然不知道他的想法。她的脸上一片滚烫，像是被人看见了自己藏着的秘密，恨不能让时间倒回，或者将他的记忆洗掉……虽然并不是什么大事，但这种心情还是很微妙的。

然而，想是这么想，却也知道这些想法毫不实际，于是将其压回心底，颤颤地举起手——

"学长，你买完了啊。"

这么打着招呼，夏杨脸上的表情却像是睡到一半发现上课了喊出的那声"老师好"。

宋辞忍了很久才克制住掐她脸的冲动。

"嗯。"说着，他把手上的袋子递给她，"趁热吃。"

在他那句趁热吃之后，夏杨顺理成章便把自己埋进了早餐里，一路上只顾着埋头吃，半句话也没再说过，偶尔抬头，也是偷瞄一眼身边的人。在这样的情况下，她甚至连从身边经过的时旭都没有注意到。

倒是时旭看见了他们。

只不过，他也没有和他们打招呼。

毕竟一个小心翼翼，看起来全部的心思都放在身边男生的身上；另一个看似若无其事，嘴角带着的轻笑却出卖了他的心思。这样的画面和气场，自己要破坏了，多不好。

抱着这样的心思，时旭走了，没有留意到，在他走过之后，某个人更深了些的笑意。

让情敌产生误会什么的，这种感觉，还不错。

宋辞如是想。

后来的他，也有和夏杨提及这一幕，虽然在她的记忆里，那时候她的注意力全在宋辞身上，根本不记得经过身边的路人都有谁。宋辞本来还想着和她说一说那些与情敌有关的事情，但在听见这句话之后，轻挑了眉尾，凑近了她。

"所以，你就应该是和我在一起的。"

夏杨皱着眉笑："这个结论是怎么得出来的？"

揽过她的腰，宋辞的嘴贴在她的耳朵边，在那里轻轻地落下一个吻："比如，在你无意识的时候，就已经把注意力放在我身上了。"

夏杨闻言，刚想反驳，就听到耳朵边上那个稍稍压低的声音，意外的温柔——

"就像是那时候的我一样。"

曾经有人说过，十一大大在笑着、放低了声音的时候，说什么都像是在说情话，提什么要求都让人想答应他。这一刻，夏杨忽然想了起来，然后莫名就红了脸。

似乎……真的是这样。

3.

之后每一天的上课路上，都像是重播的录像带，总有一个女孩跟在男孩身边，手里捧着的，是他为她准备的早餐。等等，说是重播也不尽然，至少，她每一天都像是比前一天和他更近了一些，也不再带着窘迫的心情，看起来越来越自然了。

从来都慢热到让人无言以对，就连和班上的小伙伴熟悉起来，也是花了整个大一的时间，甚至因此被嘲笑许久的夏杨，她是怎么在两个星期内和宋辞变熟的呢？

梁缇柳在听见班上小伙伴讨论这个问题的时候，浅笑一声："你们啊，是不是根本不知道命运和缘分这两个东西？"

班上小伙伴在这句话里嗅到八卦的气息，纷纷凑上去，奈何梁缇柳撩完就跑，哼了句歌，唱着什么"因为幸福没有捷径，只有经营"，然后再没说些什么别的，就这样溜掉了。于是几个人觉着这不对啊，这什么情况？这是分明有八卦在眼前却挖不出来的情况啊。

那可不行。

"第一天可以说是他不知道版画室怎么走，后来也可以说是因为顺路就干脆一起走，可是接连两个星期，夏杨都没有和梁缇柳一起来教室，而是跟着宋辞，这就让人有那么一丢丢好奇了。"小伙伴 A 凑近小伙伴 B，这么说道，而后者非常赞同地点点头。

"这里边有猫腻。"

慢慢地，全班都陷入了这场八卦里，版画室中气氛分外诡异。只有夏杨和宋辞没有受到影响。然而，一个是因为迟钝没反应，另一个则是对此不介意。

酒在酿久了之后，因为酒曲的原因，会慢慢发酵。而八卦这种东西，和酒一样，埋久了也会发酵。但比之方便的是，它不需要其他多余条件。

宋辞这个名字，系里的人几乎都是知道的，颜值爆表十项全能，看起来高冷实际上却温柔，不喜欢和人交际，可如果真的想要得到谁的好感，那也不是难事。这样的人，只需要摆在那儿，就能比下去一票人。

毕竟，要说起来，一所拥有几万人的大学里，很多人连自己系里的同学都认不全，但宋辞这个名字，却是无人不知。这样的人，不论从哪个方面看来，似乎都是男主的标配。

所以，在宋辞和夏杨再一次一同走进版画室，并且看上去像是比之前更加亲近时，那一会儿，班上的小伙伴们见状都不由得互相交换了眼神。

然后，大家同时在彼此的眼神里看见了某种光彩。

学艺术的人，都有些不正常，到了夏杨那儿，这种不正常就表现在了"精神分裂"上边。她的性格像是开启了随机模式，时而外向放飞自我，时而内敛如自闭症，十分钟就能切换到写一个剧本，很难让人相信这是同一个人。

所以这是全能男神碰撞乖僻少女的戏码咯？几个人嘿嘿笑着，合计合计，相互推搡了几下，然后齐刷刷搓着手朝着夏杨走过去，磨刀霍霍向八卦。

"我说你藏得也是够深的啊。"望一眼不远处的宋辞，班上小伙伴推了推夏杨的肩膀，一脸坏笑，"怎么都不跟我们说一下呢？"

夏杨捧着早餐一脸疑惑："告诉你们什么？"

"喏。"小伙伴朝着宋辞努努嘴巴，又冲着夏杨眨眨眼，"你们俩怎么回事？"

瞬间明白小伙伴的意思，夏杨一顿，本想理直气壮推回去，但不知怎的，在接收到宋辞回头向她投来的眼神之后，忽然就缩了缩："什么事也没有，就是顺便一块儿上课而已。"

捕捉到了他们之间的互动，小伙伴一脸"我懂"的表情，拍拍她的肩膀。

"是真没什么。"夏杨放下早餐，"只是这几天梁小柳不知道为什么，都走得特别早，不然我就跟她一起来了……"

在听见这句话的时候，梁缇柳在印刷台前边动作一停，满脸的"宝宝心里苦，宝宝说不出"。谁想大冷天的起早床啊，但事关老大和蠢萌室友的幸福，她不假装晨跑故意早起能行吗？唉，想一想，她真是伟大。

　　显然，她并不知道夏杨喜欢时旭这件事情。

　　"是吗？"班上小伙伴满脸的不相信。

　　"对啊。"夏杨挺直腰，重重点头，"才不是你们想的那样。"说完小心翼翼瞟了宋辞一眼，"你们别想这么多，被学长知道的话，多尴尬啊……"

　　就在这个时候，宋辞手上的动作忽然一停，眼底也闪过几分不明的意味，旋即站起身来朝着夏杨这边走来。只是夏杨和小伙伴正说着话，半侧着身子，再加上话题和他有关，于是一直压低音量解释着，所以并没注意到宋辞。

　　走到夏杨身边，宋辞还没停下，而这时夏杨被小伙伴戳到了腰上的痒痒肉，她条件反射地往旁边一弹，刚巧就弹到了他的怀里。宋辞一愣，下意识伸出手接住她，而她一惊回头，正好望见他的眼睛。

　　外边落叶的投影经过玻璃窗，一划而过。

　　"小心一点。"

　　宋辞不爱说话，也不喜欢笑，有人评价过，说他就是传说中自带冷气的冰块脸。可这一刻，夏杨分明在他的眼底看见了徐徐暖风，只轻微一抚，便能扬十里花树。

　　热烈却温和。

　　"谢、谢谢。"夏杨像是一具木偶，在没有意识的情况下开口回复。

相拥而立，四目相对，夏杨的手落在宋辞的肩膀上，而对方的双手环住她的腰身，这样下来，动作看上去难免有些暧昧。也就难免引起那些八卦党带着起哄的心情，发出一阵尾音扬得飞起的"哦"的声音。

"夏杨。"

起哄的声音那么大都没有传进耳朵里，却是被这一声给拉回了现实。只是，被拉回现实也不代表回过了神。

"嗯？"夏杨呆愣着，双手依然搭在宋辞肩上，脸上写着四个大字——我在走神。

腰上的手又紧了紧，将她拉得离他更近。

宋辞的眼睛里透着些许狡黠，像是在一本正经地耍流氓："按照现状的发展，再这样下去，我……"

一个"我"字的音节，被拉得很长，慢慢虚化。从前的时候，夏杨在自己的小说里写过这样一句话，她说，在特定的情境下，用这样的语气把这个字念出来，通过介质的传播，在耳朵里，会自动补成一句类似告白的话。

这种感觉她并没有体会过，只是那时顺手就写了出来，写过也就忘了。可此时，曾经随意写下的句子在突然间蹿进她的脑海里，弄得她忽然觉得脸有些烫。

四周的温度骤然升高，原本起着哄的同学们默默收了声音站在边上看。有和夏杨关系比较好的，拿出手机，默默拍了几张，传到了班级群里,然后收起手机,宛如一个世外高人般淡定,仿佛一切都没有发生过。

4.
宋辞眼底的笑意渐浓,就连原本站得离他们比较近的同学都感觉到了,可很明显,夏杨的思路不知道飞去了哪里,死活没有注意到这一点。

此时此刻,最该在状态之中的人,她的思路已经飘忽到"宇宙的尽头是哪里?现在是哪一年?我从哪里来?要到哪里去……"这些问题上边了。

宋辞半真半假地叹一口气,看起来像是烦恼,眼底却带着明晃晃的笑意:"你再不退一步,我万一放手,你就该摔了。"

摔?我站得好好的,为什么会摔?

夏杨脑子里冒出了一丢丢疑惑,歪歪头,而后才发现两个人的姿势有多不正常。在倒吸口气的同时猛然往后一退,她几乎觉得自己的心脏都漏跳了几拍。

"那个,学长,不好意思,我经常走神,就是,各种情况下都能走神,我也不知道它是怎么了,那么爱乱走……"

夏杨自顾自说着不着边际的话,却得不到任何回应,站在那里,焦急得几乎都要哭出声来。

和她相处了三年的小伙伴们一副见怪不怪的样子,知道她的情绪不可信,现在她觉得羞耻度爆表,也许下一刻就好起来了呢?众人纷纷在脑内环臂点头,唔,以蠢萌和好逗弄得到全班好感的夏杨,今天也没有让大家失望呢。

"感光胶用完了,老师说要我通知你一下,今天去买。"宋辞顿了顿,"我和你一起。"

夏杨瞬间镇定下来,又或者只是强行压抑住了自己的情绪,一本正经地和眼前的人讨论正事:"什么时候去?"

"现在。"宋辞把版画室专用小围兜脱下来,随手搭在台子上,"还不走?"

不想再重蹈覆辙,夏杨几乎是放了十二分的注意力在宋辞的话上,于是立马接上话:"走走走!"

但由于太过急切,围裙的小蝴蝶结被她反手扯成一个死结,怎么都解不开。

清楚捕捉到宋辞的专注眼神,原本准备去帮忙的大家眼观鼻鼻观心,默默站在了原地望天。和夏杨之前的解释联系在一起,大家唯一的想法就是两人显然是欲盖弥彰——

这满教室的粉红泡泡溢出去都能飘满整个校区了,还说你们俩没什么?我读书少你可不要骗我!不过,你骗我我也不会信就是了。

"我来吧。"

我来吧,而不是,我帮你。亲密度一眼可见。

啧啧啧,乱七八糟的杂牌狗粮,吃得人真闹心。

宋辞绕到她的身后,十指翻动,不一会儿便解开了那个死结。

"好了。"

带着轻微热气的声音扑在了她的后颈上，原先细白的皮肤不一会儿就泛起了微微的粉色，夏杨总是很敏感，由于这个原因，她也不大喜欢和人有过多的肢体接触。便如此时，她飞快地捂住脖子，眼睛睁得圆圆的，却又在回头的时候努力装作若无其事。

"好了吗？谢谢学长。"说完，她跳远一步，"既然这样，那我们先去买感光胶吧，不然等会儿该到吃饭的时间了。"

"嗯。"

版画室有细细的灰尘扬在空气里，在窗口被阳光洒上，又恍惚给人感觉像是细碎的金粉。站在一片浅金色里，夏杨率先跳了出去，而宋辞稍稍弯了眼睛，跟在她的身后。

这样的画面，不知道为什么，莫名地就让人联想到婚礼。

班上剩下的同学们望着他们的背影，发出无限感慨，梁缇柳握住一个小伙伴的手，擦了擦眼角不存在的泪花："孩儿她娘，我们的女儿今天，终于，终于……"

"是啊，不容易啊，孩儿她娘。"那个小伙伴特别配合地握紧了梁缇柳的手。

两人相对而视，又齐刷刷垮了脸，异口同声道——

"你有病啊演什么演草图画好了吗？"

接着，两个孩儿她娘同时撒手，只剩下周围看戏的人假惺惺地唏嘘什么物是人非。你看，这版画室啥都没变，连感光胶也保持着快用完的样子，不过嫁了个女儿出去，两个孩子的娘就拆了。

唉，人心真是不好捉摸呢。

5.

夏杨呆愣地坐在书桌前，这样的状态，她已经维持了半个小时。

夏杨一直觉得自己喜欢时旭，虽然她之前也没喜欢过谁，但这样的心情，她觉得自己应该是不会弄错的。可按理来说，喜欢一个人不该每时每刻念着吗？为什么这阵子，她甚至都没怎么想起过他呢？反而，反而是……

脑子里闪过一个人，眼窄却似能扬星辰，说话的时候总是很温柔，每天早上帮她准备早餐，偶尔会指点她一些与专业相关的东西，过马路的时候，他也总是走在车来的那一边。

而时旭……

时旭啊，她都没和他出去过几次，那些喜欢像是在她心底悄悄生出来的，也不知道是为什么会生出来，但真要究其根本，那更像是一种带着依赖性的寄托。只是，夏杨不是一个会去刨根问底的人，所以，她从未想过这些事。

"夏小杨，哎，你傻了？"梁缇柳在她眼前摆摆手，"听得见我说话吗？听得见吗？山那边的朋友？"

见她不答，梁缇柳翻个白眼，用力地点了点她的额头。

"嗷……怎么了？"

梁缇柳的手劲儿很大，大到出奇，夏杨疼得眼泪都出来了，额头也红了一片。

"我说，我现在要出去一会儿，你要不要我帮你带晚饭？"

"晚饭？嗯，不用了，我还有几桶泡面……"

梁缇柳不容反驳地说道："你这样可不行，万一被某个人知道了，一看我都没看好你，让你吃那种没营养的东西，那还不毙了我啊！"

夏杨满脸疑惑："没看好我，谁会毙了你啊？"

梁缇柳一口气憋在喉咙里，生生涨红了一张脸，挣扎了许久才终于想到怎么接话——

"比如说，你妈。"

夏杨的疑惑更重了："可是我……"

"好了好了不用说了！我等会儿回来帮你带，就这样，我走了，等会儿给我开门哈！"

在她冲出寝室甩上门的时候，夏杨捂着额头的手变成了捂耳朵。亏她对梁缇柳的第一印象是需要照顾，可这哪里是小软妹啊，简直就是怪力少女、金刚芭比、霹雳娇娃、《十万个冷笑话》里的哪吒……

在心底吐槽了好多声，却并非是嫌弃和不耐烦，夏杨在手机短信上敲出几个字：晚饭就麻烦你了，谢了！

与此同时，"可听"群里有一个叫"软妹倒拔垂杨柳"的，给她发来一个萌哒哒的表情：咩上大大在吗？

夏杨一顿：嗯，在的。

——是这样的,我记得大大最开始在广播剧选角的时候有来过YY和我们讨论相关事宜,那时候我就觉得大大的声音真好听啊!然后,现在剧情歌已经做好了,忽然有一个想法……就是,请问大大有没有兴趣来配念白呢?

念白?

看到这句话的时候,夏杨有些微微愣住了。

——咩上大大还在吗?是在考虑吗?

夏杨被手机振动给弄回了神:在的。只是,我从来没有念白的经验,没有戏感也找不到感觉,真的可以吗?

——那大大是同意了吗?咦,如果大大觉得不放心,其实可以现在来一下YY可听的频道哦,我们可以试个音,顺便试戏感!

梁缇柳身边围着两个看热闹的人,一个兴致勃勃,一个看着那个兴致勃勃的人,带着微微浅笑。可是这两个人都不重要,重要的是,站在不远处双手交握放在腿上的人。

宋辞抿了抿嘴唇:"她怎么说?"

"她说好呀。"梁缇柳在看见夏杨的回答之后,明显松了口气,"所以十一大大,你可以开始诱拐少女计划Part A了!"

起身刚准备往寝室走的宋辞略微停顿:"嗯?"

梁缇柳后背一凉:"我的意思是,十一大大你可以好好教一下蠢羊,正好她应该很需要你的调教……啊呸,指教!对,就是这样。"

"嗯。"宋辞点点头,朝着寝室楼里走去,但没走两步又停下来。

"对了,谢谢。"

梁缇柳闻言,在怔忪过后很明显地松了口气,接着十分顺手搭上了一旁的李幕渊。

"你们和他住了这么久,没被冻死真是不容易啊。"

"可不是嘛!"李幕渊像是终于找到知己,极力控诉,"刚刚他瞪你那一眼还算是有所收敛,你不知道,他平常是怎么瞪我的!那种感觉,我能给你一车的形容词……"

两个人聊得欢实,几乎要忽略掉一边的邵梓琛,勾肩搭背只差去喝个小酒结拜了。

目光在李幕渊肩膀处的那只手上停了停,梁缇柳个子不高,其实搭得有些费力,李幕渊倒是贴心,半蹲了下来。可是蹲着蹲着,忽然觉得后衣领被人提住了。

李幕渊回头,望见一只手。

"走了。"

"哎,等等。"梁缇柳伸出手悬在半空中,声音却越来越小,"夏杨在寝室开麦我也不好回去,你们走了我怎么办啊……"到最后,全部消失在了邵梓琛堪比宋辞还凉飕飕的目光里,"啊,那个,我正好想起来自己还没吃饭,不然你们先回去吧,我去吃个饭。"

邵梓琛低了低头,像是被逗笑了。

"刚刚十一心里有事,可能没挂得住,就和你道了个谢。"邵梓琛单手提着李幕渊的后衣领,而后者手脚凌乱地扑腾着,始终挣脱不开这只手,邵梓琛恍若无事换了只手,"晚上吃了什么,他报销,你可以尽情点贵的,打土豪分田地不用客气。"

"是吗?"梁缇柳眼睛一亮,"好说,好说!"接着摩拳擦掌挥挥手径直就走了。

李幕渊望着她欢快的背影,一阵气急。真是不讲义气,就这么给跑了,不是说人为财死,鸟才为食亡吗?

"走了。"

邵梓琛对一脸憋屈却不说话的李幕渊很是满意,拎着他的衣领就回了寝室。

6.

等他们回到寝室的时候,宋辞已经坐在了电脑前,页面上是个文档。

他不习惯在 YY 里看剧本,一般都是直接开电脑文档,这有一个好处,字大不花,方便他们看清楚文档里的内容。

李幕渊朝那儿探了探头,果然是咩上的填词。

"调整好了吗?"

屏幕另一端的夏杨扶了扶耳麦,有些紧张。

"我这边杂音可能比较大。"她复又挠了一下耳朵,"十一大大你能听清楚我说话吗?"

耳机里传来一声轻笑:"能,你那边还好,现在试试词吧。"

夏杨清了清嗓子,对着文档开始调整心情。

能够参与到自己创造的世界里,这其实是一件很神奇的事情,仿佛距离那个虚拟的世界又近了几分。只是,这是她写的故事不假,但到底是术业有专攻,会写、有代入感,并不代表就能够用自己的声音或形体把它演绎出来。

试了几次,都是在心底的时候好好的,说出来就变了味道。可既然说要来试试,那也不能事到临头忽然又说放弃,否则,不止说不过去,也会浪费人家的时间。

"十一大大,我再试一次吧……"

"你等一下。"宋辞捕捉到夏杨声音里的沮丧,轻声道,"咩上,你还记得自己写的是一个什么故事吗?"

"嗯?"

宋辞缓声,回忆着之前看到的情节。

"第一次看见这个故事的时候,在开头,并不觉得有什么能打动我的地方。就像你说的,这个故事很慢热,一是人物自己个性的问题,再一个,他们的经历很长,这样,也就导致他们的回忆很多。而在回忆里,那些看似平淡的小细节,被一点点串起来,配合着主角历经千帆的心境之后,我才被这个故事触动到。"

夏杨听着,第一次没有沉迷在这个声音里。

不是迷妹属性减淡，只是慢慢地，她顺着十一的讲述，似乎回到了最初构思那个故事的时候。那是她很久以前写的文，事实上，很多东西她都记不清了，可现在，故事里的情节一点点朝她涌来，她又回到了那个世界里。

"这是你的故事，你是创造它的人，按理说，你应该比任何人都更了解它。可现在，你试试脱离作者的身份，融入你要配的那个角色。"

这个声音像是有魔力，只是简单的几句话，便将她的神思换到了另一个地方。

在那里，她不是夏杨，只是一个没有人要的孤儿，日复一日行走在人群之中，偶尔乞些吃食都要被人责打，有一天，她饿得受不了，在野外和野狗抢东西果腹，却被狠狠咬下一块肉……就是那个时候，她看见他。

从没有人那样温柔待她，温柔得只需要一个眼神，就将那影像刻在她的心里。可就是这个一眼便让她爱上的人，他从头至尾都不愿意信她，不愿意接受她……

无数悲伤的情绪自四面八方猛扑过来，仿佛冰冷刺骨的深海水，灌进她的身体。这不是属于夏杨的情绪，而是那个一直都在被抛弃的角色人物的。

夏杨一直知道戏感和代入很重要，她以前也听说过，配音的人多是带着真挚的感情。有些 CV，大概是因为配得多了，也就慢慢分不清自己和戏中人的情绪，大多时候，看着台词需要笑，自己也就笑了。

她从前觉得很玄乎，现在却有了真真切切的体会。

配音不是角色跟着 CV 的情绪走，而是 CV 融入角色当中去。这不是演戏，可以通过肢体表情，配音做得更多的是将悲欢喜怒等情绪，都通过声音演绎出来。

所以，情感尤其重要。

"十一大大，我知道了。"再次开口的时候，夏杨的声音有些哑，像是在强忍着什么一样，"我再试一次吧。"

"嗯。"他的声音一如既往的温柔，用的却是原文里的台词，"你试多久，我便等你多久，不着急，慢慢来。"

不自觉地，夏杨也开始接着原文里的句子往下问："那如果，我要试很久呢？"

原文里，那个"他"是轻笑着对她说，若真要很久，我便不等了，所以你必须尽自己最大的努力。因为故事里的他，并不爱她，所以做出的回应也就少了几分体贴。

可对面的十一微微沉吟，说："很久也没有关系，我会一直等你。"

不可否认，在听见这个答案的时候，夏杨的心脏猛跳了一下。

只是可惜，这时候的她并不知道，自己的这份悸动，是因为沉浸在故事里，为了另一个人的感情而欢欣，还是因为十一对自己的温柔，让她觉得暖融。

Chapter.6

有枚小号叫海楼

1.

在 YY 试着念白,等终于找到感觉,一鼓作气敲定了所有句子后,虽然不算晚,但也早过了吃晚饭的时间了。

夏杨耗费的时间不短,但对于一个第一次接触念白的新人而言,这已经是很快的速度了。一个晚上融入角色,并且配得相当不错,夏杨的音色和女主的情绪完美融合,只一个开头就能将人拉进那个情境,不可谓不难得。

就算要挑刺,那也不过就是设备不专业。只是,干音的噪点也并没有想象中的大,后期处理起来也不会特别困难。

可以说,夏杨给了他一个惊喜。只是,很可惜,也缩短了他们相处的时间。

　　结束之后，摘下耳机，宋辞给梁缇柳发了一个信息：你给夏杨带了晚饭吗？

　　——嗯嗯，带了，正往回走呢！

　　宋辞皱了皱眉：这种天气，饭菜是不是已经凉了？

　　——刚刚摸了摸，的确有点凉，就一丢丢温度了……

　　不带一丝犹豫，宋辞回复：那就别给她了，我等会儿找她下楼去吃。正巧李幕渊饿了，你带的就给他吧。谢谢。

　　握着手机的梁缇柳一个没忍住，就这么笑了出来。

　　果然十一大大还是很关心夏杨的嘛，然而，李幕渊……

　　室友和喜欢的人，差别还是很大的。就是不知道她晚上念得怎么样，似乎十一是想将这个星期用来培训她的，毕竟还是新人，找不到感觉也正常……

　　晃了晃手中的盒饭，在看见乐呵呵下楼取吃食，并且一脸满足朝她道谢的李幕渊的时候，梁缇柳难得地生出了一些愧疚感。这傻孩子，怕是被人卖了还帮着数钱吧，每天就知道笑，没心没肺的样子让人特别想欺负。

　　想着，梁缇柳踮起脚摸摸他的头，满脸的疼惜。

　　"这份凉了的狗粮，你好好吃，姐姐先回去了。"

　　而李幕渊一脸茫然，飞快地打开盒子确认了一下……

哎，番茄牛腩、红烧排骨、可乐鸡翅，这不是挺好的菜吗？哪里是狗粮了？还吓得他一个激灵。李幕渊不以为意地翻了个白眼，又乐呵呵跑了回去。

管它什么这些那些，有的吃就是好事！

与此同时，终于感觉到肚子饿的夏杨接收到了胃的抗议，轻轻摸了摸想要安抚它，却不承想，那里叫得更欢了。

"梁小柳怎么还没回来……我都要瘪了……"整个人像是从腰部被折了一下，夏杨坐在床上朝着腿上倒下去，脸埋在被子里。

晕晕乎乎间，听见电话铃声，于是她挣扎着又摸了起来。

"不好意思，这么晚给你打电话，睡了吗？"

"没有没有，学长有什么事吗？"

电话另一头的宋辞握着翻出来的设计图案："是这样的，你前天说版画设计找不到什么元素和纹理，我刚刚找到一本书，想问是不是明天带给你。"他顿了顿，"或者，如果你现在在外边，我也可以现在给你。正好我忙到刚才，还没有吃饭，准备下去。"

提到"晚饭"两个字，夏杨更饿了。

"学长也没吃啊……"

她嘟嘟囔囔开了口，声音有些闷。

"也，所以你也没吃吗？"宋辞像是意外，"那要不要一起去吃点东西？"

刚刚准备拒绝，说室友给自己带了饭，可能不方便，转眼就看见两手空空但是一脸满足的梁缇柳开门回寝室。梁缇柳在看见她的时候，还一脸抱歉，小声说忘记带饭了。

于是话在喉头溜了一圈，终于没能说出口来，尽数吞进肚子里，噎得慌。

夏杨顿了顿："那麻烦学长了。"

她并没有留意到，自己室友脸上闪过一丝胜利的笑容。

2.

宋辞看起来冰冰冷冷，不是那种很体贴的人，可是，每每和他在一起，总是受他的照顾，夏杨觉得，这个人或许真是传说中的面冷心热吧。

吃完饭之后，夏杨揉着肚子，一转头，面前就出现一杯奶茶。

"已经不那么烫了。"

这是刚才他们去奶茶店买的，夏杨忽然很想喝，但也不知道巧是不巧，奶茶店的设备坏了，只出开水，滚烫滚烫的，握着都觉得烫手。原本都不想要了，但最后宋辞还是去买了下来，并且一直拿在手上。

这样的动作，让她忽然生出一个想法。

学长以后的女朋友一定很幸福吧？有一个这样体贴的人在身边。

"夏杨？"

宋辞好像很喜欢叫她的名字，带着不同的情绪和温度，每一次都叫得她一愣。只是，在走着神还没反应过来的时候，被眼前人叫了名字，夏杨莫名有一种奇怪的感觉，整个背脊都变得麻麻的。

"啊，不好意思发呆去了，谢谢学长。"

几乎是几步跳到宋辞身边的，夏杨把零食袋子收一收拿在手上。刚准备去接那杯奶茶，可就在她站定的那一瞬间，宋辞顺手接过了袋子，扔进一边的垃圾桶，这才把手上的杯子递给她。

也许是小说看多了也写多了，夏杨观察人总喜欢从细节入手。

有些人，初初看着很是精致，却是半点儿经不起推敲；有些人，一开始看着不打眼，可后来却是越看越舒服。据她的观察，那些越是耀眼的人，反差也往往越大。

宋辞却是个例外。

他是那种，一开始看着觉得很亮眼，以为久了会习惯，可看着看着，却发现，这个人越来越亮眼了，不论是从哪个方面来说，都挑不出缺点。

接过奶茶，夏杨笑着道谢。

这样的人，很好，就像是夜空中的月亮，白天里的太阳那样好。

不同于繁星闪烁迷人却容易混入星海，让人找不见，而是一直以最为强势的存在，散发着最为温柔的光芒。哪怕不言不语，这个人单单站在那儿，便已经让人移不开眼睛了。

不论你是脸盲还是健忘，但要真的看见，估计会很难忘记这么一个人。只是，在你习惯了他的温柔之后，时不时，又要被那强烈的阳光给灼上一灼，然后发现，他其实不止静默温和，更多的，还是耀眼。

这样的人，怎么想都觉得不真实，作为想象中或者内心崇拜幻想的男神还行，真要放在现实，身边的人压力应该很大吧？

比如夏杨，她现在就深深感觉到了这份压力。

尽量无视掉路过的女孩子们黏在他身上的目光，夏杨抬头望天。如果不是很优秀的女孩子，站在学长身边应该会很有压力吧？就像现在的她一样。

这么想着，她转头看了看宋辞。不过，如果不是很优秀的女孩子，应该也没有办法一直站在学长身边，没有办法被他看到眼里心里。

夏杨的眼神，有时候会刻意闪躲，有时候却毫不掩饰。

不知道出于什么心理，宋辞很喜欢看她闪避到最后避无可避的小表情，虽然也会觉得欺负她不对，可他又忍不住想去逗一逗。而为了隔绝夏杨身边其余欺负她的人，因此在班上撑起来的严肃脸，那只是不大喜欢别人去逗她罢了。

他一直不觉得自己是一个占有欲很强的人，却在看见她那些无意识的小表情之后，忽然就想把她带回家，一辈子好好守着，不给别人看。

被自己喜欢的人盯着看，其实是一种带着丝丝甜味的煎熬，宋辞一边佯装无所察觉，一边在另一侧捏紧了拳头，生怕自己对视回去，会忍不住想要吻她。

不是胆小也不是没有行动力，宋辞的风格，其实一直是雷厉风行，只在这件事上，他有些乏力。如果只是单纯的喜欢，也许会直接告白，他也不是脸皮薄到被一句拒绝就会放弃的人，完全可以佯装不在意，待在她身边。

可事实并没有这么简单，夏杨像只极度敏感的小动物，如果贸然告白，她一定不会答应，不仅如此，还会开始闪躲。

他不想吓到她，便唯有四个字，徐徐图之。

可是……

拳头捏得指节发白，宋辞不自觉地抿了抿唇。

可是，她还要盯到什么时候？再这样下去，他就没有办法按捺下自己的情绪，徐徐进行他的计划了。

3.

那个念白，夏杨虽然接下了，却和策划商量了一下，没有用"咩上"这个名字，原因是不想把这个和自己写文的号弄混。

也许不只是二三次元分得开，她不管做什么，都分得很是清楚。哪怕是人，相处几次后，她也能够把他们分到她心里安排好的位子上。

比如，十一大大是男神，梁缇柳是朋友，时旭是喜欢的人，而宋辞……等等，宋辞……或许，他是一个比较好心的学长吧？

想了想，又加了一个形容，声音很好听。夏杨挠挠头，第一次在这上边有些凌乱,分不清究竟该把他放在哪个地方。可是没有多想,在"软妹倒拔垂杨柳"问她马甲要叫什么的时候,夏杨正巧看见屏幕左下角的新闻推送,说哪里出了什么海市蜃楼,弄得大家一阵轰动。

她心念一动,敲下一行字:那我就叫海楼吧。

——海楼吗?好的!偷偷摸摸地说一句,这个名字好棒啊,感觉好喜欢。

末了,还加了一个可爱的颜表情。夏杨对着屏幕笑笑,觉得还是不要告诉她自己的名字取得有多随意好了,嗯,这是一个美丽的意外。

次日,当夏杨和宋辞来到版画室的时候,门还没有开,外边已经聚集了很多同学,有的人刚刚才到,有的却像是等了很久。

"怎么回事啊?"

夏杨其实是迟到了的,因为前一天晚上的情绪起伏太大,她一个不小心睡到很晚,闹钟都没能把她叫醒,而宋辞就一直在寝室楼下等她。待到下楼的时候,她一边惊讶一边抱歉,作为一个很不喜欢迟到被人等的人,居然一口气迟到这么久,并且还像是旷了一节课……

这感觉真是糟糕。

"不知道。"梁缇柳愁眉苦脸地看了一眼周围,"今天管钥匙的是谁啊?这么晚还没来,也是够离谱了,一个人不来弄得整个专业都没法儿上课。"

随着梁缇柳这句抱怨说出口来,大家都开始有些心焦不耐,而夏杨一愣,立马给老师打电话。专业课不比文化课,老师一般都来得晚,有时候甚至不来，美术系整个都是放养状态，大家也习惯了，实在有事情才会打电话。

但这一次，夏杨的电话没能打得通。

也许真的等了太久，很多人都失去了耐心，尤其是几个男生，直接就走掉了，也不管什么其他。而看见有人带头，接下来陆陆续续也有人离开，直到最后，居然就剩了梁缇柳、宋辞，还有夏杨。

望了宋辞和夏杨一眼，梁缇柳在心底打了个小算盘，装出一脸的不耐烦，随便念了几句就跟着大部队一起溜掉了，只留下他们两个人。

夏杨见状，耸耸肩："还是打不通，学长，不然我们也走吧。实在没办法，不能上课，干站在这里也不是个事儿。"

"嗯，那好。"

宋辞应了声，刚刚准备跟着夏杨离开，这时候，手机却忽然响了。简单讲了几句就挂掉，再转头的时候，他一脸抱歉。

"刚刚我的毕业设计导师找我，不能和你一起走了，我得去楼上一趟，讲一下设计展示的事情。"

"嗯嗯，不要紧，毕设最重要！学长加油。"夏杨比了两个大拇指，露出一个大大的笑。

"谢谢。"

宋辞弯了嘴角，说了一声再见，这才转身朝着楼上走去。却没有想到，就在他走掉之后，夏杨遇到了来查课的辅导员，也没有想到，辅导员看见空教室会扣下没来得及离开的夏杨，叫来了代课老师和专业里另外两个班的负责人，脸上满满都是怒火。

4.
办公室里，沉着脸的辅导员在两个方向来回扫了几眼。
一个是委屈抹着眼泪的女孩子，另一个是满脸怒气的夏杨。
"你怎么这个表情啊？哭什么哭？今天本来就是你管钥匙的啊！"夏杨愤愤和她对峙，"你现在是什么意思，是想把这些都推给我了？"
那个女孩子看起来更委屈了："可是、可是你自己可以去看时间安排表啊……版画室的钥匙，这周就是你管的。"
"安排表上的确是我，可你上星期不是说自己肚子疼不方便，要和我换时间吗？钥匙我周末晚上就给你了，你忘记带来就算了，怎么可以这样诬赖人……"
"哪有？谁和你换了。"女孩吸了吸鼻子，"上周我开的门，周末晚上把钥匙给你，分明就是你弄丢的。"
对方咬紧牙关不松口，死活不承认和夏杨换了时间的事情，这一瞬间，夏杨被气得整个人都急了起来，越急越表达不清。在这样的状况下，不论其中情理，只是看着，一个楚楚可怜，一个咄咄逼人，谁都会有所偏向。

"弄丢钥匙谁也不想，但这样空口白牙把责任推给别人就过分了吧。"辅导员的脸持续阴沉，话却是对着夏杨说的。

夏杨一脸不可置信，心情激动的时候，语气也就难免重了些："老师，你这句话的对象是不是说错人了？我都说了，那个钥匙不在我这儿，这周应该是她……"

"好了！这样的态度对老师说话是什么样子，夏杨你懂不懂什么叫尊师重道？"

"我……"

一时气结，夏杨被噎了下，反倒笑了出来。

"老师，你这偏向是不是太明显了一点？现在事情还没弄清楚，不应该听两个人说明情况再进行判断吗？你现在的意思是，钥匙就是我弄丢的？"

被学生这样质问，辅导员的脸上有些挂不住了，却是阴沉着脸色没有说话。

"其实要弄清楚怎么回事很简单，打个电话问问同学就行了。"

稍稍冷静下来，夏杨开始想着解决办法，可很多时候，一件事情讲到最后，最初是为什么会发生争执，好像都已经不重要了。

夏杨总是喜欢讲情讲理，把事情理得清晰，觉得什么都该分明，这样的性格或许会招一部分人喜欢，但在某些情境下，还是很容易吃亏的。

辅导员一巴掌拍在桌子上，脸色阴沉地看着夏杨。

"你有理可以说清楚，但就冲着你刚刚那个态度，怎么，还想和我吵起来？就看你这样我就能把处分记在你身上！"发完脾气像是知道自己说得过了，辅导员又坐了下来，压了口气，补充一句，"看你这态度，也像是能做出抵死不认的事情。"

"我说了，这星期钥匙不是我管。"

"那你们全专业翘课，你作为班上负责人，不知道给老师打电话报备？"

夏杨强忍着："我打了，没打通。"

"那你也没有给我打啊？"辅导员斜着眼睛轻飘飘落出句话。

"我没有你的电话。"

辅导员冷哼一声："借口。"

现在的天气很干很冷，夏杨的手指冻得发痛，呼吸的时候都觉得鼻腔里有摩擦感。在经过这么一番对话之后，她终于摸清楚辅导员的意思。不论如何，他大抵是决定把这个锅扣在她的身上了。

"所以我说什么，你都不想听了，是吧？"

辅导员冷哼一声，不置可否。

其实这个辅导员是今年新换来美术系的，在某种意义上，算是还在"实习期"，一副细边眼镜，半秃顶，满眼都是算计，不止学生，有很多一心学术的老师都对他态度冷漠。

在此之前，因为没有接触，夏杨其实对他没有别的看法，可现在，她实在气愤，气得眼睛都几乎红了起来。

她其实很想硬气地甩几句话，可一着急就流眼泪的生理反应，实在又让她忍不住。

冷静下来之后，她也有想过，当时自己的情绪确实是波动太大，太不稳定了一些，这件事里，不是说她一点儿责任都没有。可在这样的情形下，她的理智实在是被压到了感情底下，尤其是在那个女生诬赖她，她提出解决方法，辅导员却不接受的时候。

"好，那既然你已经认定了，我也无话可说，再见！"

说完之后，夏杨转身就走，半点儿没有管身后的人是什么反应，暂时什么都不去想。她不是受不了委屈的人，但这次，她是真的觉得不公平。

虽然不会幼稚到在那里再质问什么，知道负气离开不是明智的举动，心底也清楚明白，作为一个成年人，应该少点儿所谓的一时冲动……

可谁都有气急攻心失去理智的时候。

气性一上来，什么都忘了的当下。

5.

宋辞站在班里的窗口处，正巧看见对面楼下，没有关门的办公室里，和辅导员争执完后跑出去的夏杨。他觉得奇怪，几乎想立刻追上去，导师却反复在同他确认设计理念和展示之类的东西。

这个老师家住在老校区,过来一趟并不方便,这一次又是特意为他过来解决问题。于情于理,他都不可能单只为了这个便不管不顾冲出去。

不是轻视和不在乎,他也很担心,可是这种事情,是分情况的。

但说是这么说,宋辞却也是用了最快的速度和最简洁的说辞,解释清楚了自己的设计,记录下了老师的指点。接着,向老师道谢离开,宋辞掏出手机,先给梁缇柳打了个电话,在确认夏杨没有回寝室之后,这才走了下去。

拐个弯没有直接出去,而是到了办公室。当宋辞站在办公室门口的时候,那个女孩还在那儿抹着眼泪,辅导员的脸色也没多好,却比之前缓和了些。

宋辞敲了两下门,在看见他的时候,那个女孩明显地有些心虚。一时情急之下的谎话难免会生出许多漏洞,比如她刚刚说的那些。

不动声色地将女孩的异常收入眼底,宋辞带着自己的设计资料,什么都不知道似的问:"请问佘老师在吗?"

"不在,他今天请假没来。"这是大三的辅导员,又是新来的,自然不熟悉宋辞,"你是他的学生?"

宋辞顿了顿:"是的。"

辅导员随手又往边上一指:"那你和她一个班的?"

"不,我大四了,比她大一届。"宋辞低了低眼睛,又补充一句,

"不过我和这个专业的人还算是比较熟,老师请问有什么事吗?"

那个女孩听见他这么问,脸上出现了几分不自在,像是着急忙慌地要掩饰什么,却又不知道该怎么说似的,显得很是局促。

可宋辞听完了因果,抬起眼睛观察了一下辅导员的表情,没有说一句解释的话,只是扫了那个女孩一眼,不知道在想些什么。

女孩蒙了一下。这样的反应,让人有些意外,却也让她松了口气。

"哎,对了。"在宋辞准备离开的时候,辅导员又叫住他,"你叫那个夏杨下午三点到办公室来!直接跑了是什么态度……"

他轻一点头就准备离开,但在走到门口的时候,他看见站在走廊里打电话的书记,脚步忽而一顿,又回了头。

"好。"

走出美术楼,宋辞摸出手机,目光在通讯录里的某个名字上徘徊了一会儿,又退出去,登上了微博。

宋辞点开一个熟悉的头像,打了几个字:在吗?我今天心情不大好,能不能陪我聊聊?

放在平时,十一只要打出去一句话,夏杨很快就会冒出来回复,可这一次,宋辞站在原地等了许久,那边却是半点儿动静都没有。网瘾少女不玩手机,真是难得。

宋辞看似若无其事,锁键的时候,按下去的指尖却停顿了许久,甚至差点不小心关了机。接着径直回了寝室,放下东西,刚准备给夏杨打电话,却看见私信里她的回复。

——十一大大怎么了?发生什么事了吗?有什么我可以帮你的?

和平时跳脱的反应不同,只是简单的问句,却是明明白白摆在那里的关心。

宋辞:我今天遇见一些事情,觉得心里有些堵,但真讲起来,却不知道怎么说。你有过这样的时候吗?

这一回,那边不多久就有了回复。

——有啊,就是特别特别难受,但……其实我也不知道怎么说。不过十一大大,如果你真的不开心,我有一个独家疗法,去找离你最近的一家烤肉店,狠狠吃一顿,也许在最开始的时候还没有胃口,但吃着吃着,什么不开心都会忘记的!

对着那个回复,宋辞愣了愣,原本是想借机开导她,没想到得到这样的回答,也是挺让人意外的。他笑笑:是吗?

——嗯,不过这个也是因人而异啦……比如,要是你不喜欢吃烤肉,也可以换成火锅干锅麻辣烫之类的,嘻嘻。

宋辞紧了紧手机,从回到寝室就一直带着几分冷意的眉眼间,终于生出几分笑意。

离这里最近的烤肉店吗?

他微顿,转身又出了寝室。

而李慕渊裹着被子坐在床上,从他进门到他出门的这段时间,眼睛就一直盯在宋辞的身上，但被盯的那个人，始终没有发现过。

"啧，有问题。"李慕渊的目光停在门口，"你觉不觉得，自从十一那啥啥之后，整个人就变得越来越奇怪了？他以前反应不会这么慢啊，连我看他这么久都没有发现。"

"嗯。"

邵梓琛应了一声，却没有接着他的话说下去，只是递过去一杯感冒冲剂。

"毕竟他也不是你，这样的确不像他，但说起来也合情合理，不是不可以理解。快点趁热喝了，回去躺着。"

原本燃燃的八卦热情被这句话浇灭，李慕渊接过杯子，咕噜一口就干了下去，把杯子递回去之后朝眼前的人摊开掌心，像一个习惯性动作。邵梓琛见状，无奈似的，在那里放了颗糖。那颗糖带着微微的温度，像是被人一直握在手里。

在眼前的人笑眯眯接过奶糖睡下去以后，邵梓琛去把杯子洗了洗，又回到书桌前边继续作业。他们一起长大，彼此熟悉，很多情况下，对彼此都是习惯性的动作和反应。

只是，以前不觉得，然而现在想想……

邵梓琛叹了口气。

事实证明，兄弟选得好，真有一种在当爹养儿子的感觉。

6.

当宋辞在学校外的烤肉店找到夏杨的时候，她正和时旭在一起，两个人围着一堆肉片边吃边聊，看上去很是开心，情绪上没有受到半点儿影响似的。在距离他们不远处，他停住，没有像上次那样过去，反而，站了不多久就离开了。

这不是他第一次看见夏杨和时旭在一起，也不是他第一次有这样的感觉，虽然她从没有说过，但宋辞在上次，就猜到她大抵是喜欢那个人。如果不是这样，他也不会莫名其妙对时旭态度疏离，还刻意在时旭面前和夏杨接近。

可这是宋辞第一次喜欢上别人，也是第一次对眼前的事情吃味，这样的情绪十分陌生，所以那时的他只是凭借本能反应，想着把人护住，并没有想过这个。

自己喜欢的人，却在喜欢别人，遇见这样的事情，应该没有多少人会开心。在这之后，有相当一部分人会选择放弃，也有一部分人会选择争取。

宋辞站在门外略有犹豫，给梁缇柳发了个信息。

这是他第一次这么明显露出不安的表情。

如果夏杨已经和时旭在一起，宋辞想，自己大概会就此放弃。也许有人会说，在感情里遵守道德会让人后悔，但那不过是一部分人的说辞。对于他而言，不论如何，做相反的选择才更让人不适。

他发给梁缇柳的信息，是问，夏杨现在有男朋友吗？

宋辞握着手机的那一小段时间，嘴唇几乎抿成直线，这才发现，原来他竟然从没有想过这个问题。从小到大，什么事情都会提前做好准备和打算的人，这一次却连这个也没想过就陷进去了，不能说不意外。

然而，又真的发生了。

自信如宋辞，千百年都难得紧张一次，但这一刻，看着被汗湿的手心，宋辞愣了愣，不久皱了皱眉。虽然怪新鲜的，但他并不想知道这样的感觉，也不想体验集中不了注意力的分神，这些都会让他觉得心慌。他现在只想看见某个问题的答案而已。

等了不知道多久，当手机振动，他在解锁的时候，竟然发现自己的紧张更甚。

——没有吧？昨天她看剧的时候还哭唧唧说那些撒粮虐狗的剧情让人又爱又恨来着。

就像在冰雪覆盖的野外被寒风刮得脸上生疼，鼻腔里都要干得生出火来，这时候，他看见一扇门，走进去，里边不止有火炉，有吃食，甚至还有一张软绵绵的大床。宋辞一下子放松下来，面上却看不出情绪。

梁缇柳也并不知道，自己收到的"谢谢"两个字里，含杂了他有过的多少纠结。

从外边回到寝室的路上，宋辞不知道自己在想些什么，只是在看见书桌上一张 A4 纸的时候,定了定神。

"回来了?"邵梓琛走到他的身边,"怎么在看这个?不是不参加吗?"

那是一个比赛的通知,宋辞向来不热衷于这个,认为大多数比赛都是没有意义的,只是每次有活动,院系总会有人来劝他参加。

然而,他每回都是看一眼就放下了,因为他要的从来不是什么证明自己的奖项,比起那些东西,他更重视时间。消磨在无谓的比赛上,远不及花在专业或者爱好上要来得好。

"这次要参加。反正最近多做了些东西,正好也顺便。"他放下那张通知,拿起手机翻开通讯录便走到阳台上打电话。

邵梓琛隐隐看到他翻出了书记的号码,想了一会儿,没想出来什么名堂,笑了笑便转身走开。那边的李慕渊还没睡醒,他习惯性走过去看李慕渊状况,这次没踢被子,挺好。

"那么麻烦书记了,嗯,好的,我下午过来,谢谢。"

几句话讲完事情,宋辞挂了电话之后,正好看到夏杨回了寝室。他在目送她进寝室楼之后,把之前就编辑好的通知短信发过去,等收到回复,这才回了书桌前收拾。

也许烤肉店里生出来的那些纠结还在,但目前可以放一放,不急。

可是,他的小蠢羊受了委屈,却缓不得。

Chapter.7

她只是个女孩，还是
个小孩

1.

很多事情不是说清楚了就能解决，就像很多人要的也并不只是一个能够用作判断的条理。宋辞深知这个道理，所以上午在办公室，即便有机会，他也没帮夏杨说些什么，左右那时候的辅导员是听不进去的，既然如此，没必要的事情也就不需要做了。

带着多做的版画，宋辞来到书记办公室填比赛报名表，填完之后看看时间，掐得正好。

"书记，我第一次做版画设计，忘记下边的印刷版次格式是怎么样的了，我可以先去隔壁问一问佘老师吗？"宋辞像是真的想了想，"而且这张有些错版,想问问有没有关系。"

书记是个爽朗的中年汉子:"这样?那正好我也走一走,一起去趟隔壁,顺便把事情问了呗。"

宋辞轻一低头:"麻烦书记了。"

"这有什么麻烦的,几步路的事儿……"他一边说着,一边就走了过去。

佘老师是老校区的,在这儿要么坐在班里,要么就在辅导员办公室,他们要去的,当然是后者的地方。也就在宋辞和书记进门的时候,他们就看见了夏杨和站在她旁边的那个女孩,两个人都低着头,像是在挨训。

书记一愣,接着随口笑着问了句:"这是怎么回事儿?你们犯什么错误了?"

宋辞与夏杨对视一眼,在她的眼神里看见了些许的惊讶和没散开的委屈,也许没想到他会来这儿,但她还是下意识微微朝着他点头,像是在打招呼。

很可爱的下意识。

这么想着,他也朝着她点了点头。

辅导员和书记念了几句她们上午的事情,但在讲完之后,又略显刻意地补充了几句:"现在的孩子啊,脾气是越来越大了,我们那时候哪里敢和老师顶嘴啊……"

"不好意思,老师。"这时候,宋辞看似不解地打断道,"您刚刚是说,根据安排表来看,今天夏杨弄丢了钥匙,害得全专业迟到?"

书记在辅导员之前开口："怎么了？"

"没有，我只是觉得有点儿不对。"宋辞拿出自己做的版画，"我最近正巧做这个，上周必须要赶出来，和佘老师说了以后，他让我借用的版画教室，正巧上周跟夏杨借的钥匙。"他一顿，"我来得早，上一个星期几乎都是我和她一起结伴来开门，这周钥匙不是不归夏杨管……"

随着宋辞的讲述，边上的女孩脸色越来越不好，脸都快拉到了地上。

宋辞说完，看起来有些疑惑似的反问一句："所以，老师会不会是弄错了？"

在特定的情况下的某些时候，很多人会因为一些事情撒谎，越是匆忙，便也越是拙劣、越容易拆穿。就像现在，那个女孩在说出来的时候或许只想着推卸责任，原来看辅导员的样子，以为自己混过去了，这会儿听见这番话，难免不安，不停地搓着手。

另一边的辅导员也是略显尴尬的样子，大概是没想到这么一出。

可那都不关宋辞的事情。

这一桩，他只要书记听明白了就好，不管怎么样，他的小蠢羊不能被冤枉。

"这样啊。"书记念了一声，"那看起来是有点儿问题。一个专业旷课挺严重的，你怎么没和我说？"

平时是个爽朗汉子，但碰见事情，书记总还是很严肃的。

"我正想和您说来着，您就来了……"

瞟了辅导员一眼，宋辞眼底的笑意闪了闪，不一会儿就消失了，在说完自己想说的以后便低着头站在书记后边的他,并没有注意到夏杨的目光。

也许之前还有不甘和委屈,也有一些小小的怨气,但就在刚刚,宋辞为她说完那一番话后,那些不好的心情不知不觉间都消失了。也许是巧合和无意吧,但不论如何,这是上次她扭伤之后,他第二次帮她。

同样的无助心情,同样被拯救的感觉,同一个人,说起来……还挺奇妙的。

夏杨是典型的天生乐观,就算偶尔会有坏情绪,可一旦脱离了紧张,思绪就立马脱离意识自个儿到处飞,比如现在。兴许现在的她还没有意识到,可潜意识里,她一看见他,就已经开始放松起来了。

完全忽略掉了辅导员和那个女孩,夏小杨迷迷糊糊望着宋辞发呆……

这世上真的有这样的人啊,单单只是站着,就能让人安心。

还有,学长的声音果然很好听呢。

2.

如果要问夏杨最爱吃的是什么,那一定就是肉了,尤其是烤肉,半焦时候带出来滋滋的声音,简直悦耳。于是,中午因为不开心而出来撮了一顿的夏杨,晚上又因为出了口气太开心,跑到烤肉店庆祝。

大概是由于心情好,夏杨看起来放松了不少。

"不要一直吃肉,也吃点儿青菜。"宋辞很是自然地夹了一筷子芽白放在夏杨碗里,而对方说得起劲,没注意什么就干脆地一口吃了下去。

对此，宋辞表示很满意，继续帮某人烤肉。

明明是小羊，居然这么不爱吃素还挑食，这个习惯不好，得改。

这么想着，宋辞抬眼，对上面前吃得腮帮子都鼓起来，满脸欢畅，在感受到他的视线之后，还稍稍抬起脸冲他傻笑的夏杨，心底忽然又变得柔软起来。算了，爱吃就多吃点吧，反正挺瘦的，但还是得多吃青菜均衡一下。

在夏杨说着话的时候，宋辞又夹过去一筷子芽白。

"学长，你是不知道，我上午都快憋屈死了。"夏杨喝了口饮料，眼睛亮晶晶的，却在下意识吃完碗里一直凭空冒出来的青菜之后，忽然反应了过来。

学长一直在给她夹蔬菜吗？这似乎是她爸妈才会做的事情。这时候，不知道为什么，脑子里在闪过宋辞那句"不要一直吃肉，也吃点儿青菜"的同时，十一大大说的那句"要加秋裤了"，也一起闪了过去。

夏杨一直都很迟钝，对什么都不敏感，但这一刻，她仿佛福至心灵，飞快抓住一个想法。

"那个，学长。"她忽然间停了筷子，"我其实一直觉得，你看起来有些熟悉……"

"我们大一的时候见过，当时我还帮你搬东西去寝室，只是专业写生回来，你就不记得我了。"正烤着肉，宋辞眼也不抬地说道。

而夏杨要问的话，也就被这一句堵了回来。察觉到某个人的欲言又止，宋辞顿了顿，忽然觉得自己像是说错了什么。

"你刚刚准备说什么？"

"没什么。"夏杨摆摆手，"就是想说，刚刚还好你在，不然我可能就要被冤枉死了……"

宋辞轻笑："不会。"

夏杨挠挠头："呃……是不会死啦，这是夸张的说法……"

宋辞夹着烤肉的手微不可察地一抖，无奈地说道："我的意思是，我不会不在。"

不会不在？

这句话让夏杨有些发蒙。

这是什么意思？听起来像是包含着隐藏的信息，但她读不出来。或者，就算是往哪一方面做了什么猜测，夏杨也不敢相信。

她其实是一个很爱多想的人，却也总是觉得，自己多想的那些事情，都比较脱离现实，很不可信，于是总爱抑制自己，不要去想。

"怎么又不说话了？"宋辞态度自然，像是没有说过些什么。

"就、就是不小心又发了一下呆……"

宋辞把烤好的肉夹到她碗里："嗯，没关系。你发呆的样子很可爱。"

"嗯？"

某只小羊总是这样，听到什么都容易受到惊吓，果然，还是个小孩儿而已。宋辞笑着摇摇头，不再言语，也咽下剩下的那些话。

你发呆的样子很可爱，现在愣怔的样子很可爱，之前滔滔不绝的样子，也很可爱。你刚刚说，有时候特别开心，就是会想念一念，忍不住。

而我想说，如果你真的想念，那你可以念给我听。你喜欢的，我都喜欢。

夏小杨，你喜欢的，我都喜欢。

被那样的眼神看着，即便只有一眼，也足够让某朵红云从夏杨的脸颊飘到耳朵尖尖。她低下头去，不再回话，只是小口小口吃着烤肉。

有人讲过，喜欢一个人，就是小心翼翼。

如果说夏杨是为了和时旭接近才装作不在意的样子，但长久相处下来，她也是这样真的能放得开，慢慢也像是真和他处成了兄弟。

反而是宋辞，每次面对他，夏杨都会变得有点儿奇奇怪怪的，要么不敢说话，要么不知道怎么接话，但也都不是讨厌或者尴尬的感觉，只是……莫名就会不好意思。

"同学，我们第一次来这儿吃东西，这里有些什么好吃的啊？"

一个微带着嗲气的声音打断了夏杨的思路，她仰起脸来，嘴里还叼着一块肉，正好看到旁边一桌的女生探着身子凑过来，越过自己直接问向宋辞。

夏杨望一眼那个女生，又望一眼宋辞，一个是含羞带怯，另一个却只专心烤肉。

"不知道,我也是第一次来这里吃。"宋辞回得有些冷漠。

但那个女生并没有因此被打击到:"哎,你看起来烤得很好,这个酱汁是怎么调的?"

"店里自带的,问老板要就可以了。"

"嗯,那那个肉要怎么样才是熟了呢……"

一来二去,连夏杨都看出来了那个女生的目的,宋辞却是半点儿反应都没有。

原来学长反应这么不灵敏吗?难怪,那么受欢迎却从来无动于衷,看来,是没有感觉到哪?

夏杨慢慢把注意力从烤肉转向宋辞。

店内悬着光线柔和的暖灯,自上打下来,对面的人微微低着头,睫毛在底下投下一小块投影,眉眼也显得越发深邃。突然,从那深邃的暗色里闪现出来透亮的光,宋辞对上夏杨的眼睛,带着轻微笑意:"在看什么?"

和之前的疏离淡漠半点儿不同,此时的宋辞自带暖意,笑一笑就很是美好。

夏杨着急忙慌地把眼神收回来,摇摇头,努力降低自己的存在感。

而邻桌的那个女生,像是这时候才发现夏杨似的,却还是有一搭没一搭地和宋辞搭话。

在回了几句,发现夏杨并没有反应之后,宋辞显然有些失了兴趣,尤其是在那个女生问他联系方式的时候。

宋辞佯装没有听见，只是低着头在生菜里包上刚刚烤好的肉，弄了些酱汁朝前递去："试试这个？"

夏杨本想接过来，可就在她抬头的那一瞬间，宋辞略过了她的手，直接喂了上去。

被塞了一嘴的夏杨表示又有些不知所措，好半天反应不过来，直到那个女生终于识趣地回了自己的位子上。

所以，学长刚才是在借着自己挡桃花？

这样说来，学长是故意的？

嚼着嚼着，夏杨的思路不知又跑偏到哪里去了，其实那个女生和宋辞搭讪，从头到尾都不干她的事，她如释重负地松了口气。虽然那口气，她也不知道是什么时候提起来的。

看见她弯着眼睛吃烤肉的样子，宋辞只是无奈地笑。

某只小蠢羊，不止反应慢，脑回路也总是很偏，这样下去，不知道什么时候才能明白他的心意。不过没有关系，他可以继续等。

只是希望，不要太久。

3.

当宋辞回到寝室的时候，李幕渊小狗一样凑上来各种嗅他，然后终于确定了什么似的，一脸痛心疾首。

"十一，我说你也太不仗义了吧，居然一个人去吃烤肉！"

宋辞面无表情地推开凑近的那张脸，换下外套："不是一个人。"

李幕渊从这句话里闻到了八卦的味道，在被推开之后又锲而不舍地凑上前去。

"不是一个人？那是和谁啊？"

"就像你想的那样。"宋辞答得坦然，顺手开了电脑。

李幕渊点点头，立马回到自己的小书桌前，抱着手机打开"关爱空巢老大"的群组，和小伙伴们分享最前线的消息。

邵梓琛原本安安静静做着设计，听到这句话后，看见群组的图标闪现，一下子想到了些什么，随即挑眉。

"听说你今天去老师那儿，把一个女孩子弄得下不来台，还尴尬哭了？"

宋辞打开网页："嗯，随口说了点儿实话，戳穿了个谎。"

"你的意思其实就是，不是你弄得她下不来台，是她自己活该是吧？"李幕渊完整地解答出来，"可是老十一，这样不像你啊，你的绅士风度呢？"

"这两者之间有什么关系吗？"宋辞的动作停了停，"我一向不喜欢心机重的人，你之前说得没错，这次并不是我要给她拆台。"

李幕渊被噎了一下，想了好一会儿才补充道："可这样多不好啊，毕竟是个女孩子，你要拆台也尽量温柔点儿啊……"

"她也只是个女孩子。"

不知道想到了什么，说完这句话，他的表情忽然变得温柔起来。

"而且，她还是个小孩儿。"

看到这一幕，李幕渊内心：果然又和咩上有关，猜都猜到了，我何必多此一问，平白被塞了一嘴狗粮。

努力嚼了嚼把狗粮尽数咽完，李幕渊抱着手机再度钻进"关爱空巢老大"里。

临渊不慕鱼：我和你们说，小爷刚刚又受到了伤害，求安慰。

软妹倒拔垂杨柳：怎么了怎么了？说出来让大家乐呵乐呵。

南岭北：阿柳你这就不对了，怎么能这样戳人家伤口呢？分不分得清轻重了？

李幕渊咬牙切齿盯着屏幕：就是就是！还是南北好，不像……

然而"不像"什么的还没打完，南岭北又蹦出来一句话：事有轻重缓急，让人家先把老大的事情扒完，你再问乐呵的事情呗。

李幕渊一口气差点儿没背过去：南北你也这样对我？！

勺子：作为一个以十一为中心的正经八卦群，我同意放过慕鱼。

软妹倒拔垂杨柳：呀，护食的勺子大大出来得越来越快了，今天也是没有办法调戏小临渊的一天呢，遗憾。

南岭北：遗憾。

初昱：遗憾。

明朝酒醉去撩妹：遗憾。

……

临渊不慕鱼：你们还听不听八卦了？！

众人齐刷刷：鱼哥请说！

终于把场子找回来以后，李幕渊表示非常满意，抱着手机就开始打字，一段一段打得特别开心，而邵梓琛就在他的身后，满脸无奈。果然是养儿子，还是一个有些皮的儿子，真不好养。

4.

手机上的字一行一行刷过去，梁缇柳惊叹着李幕渊的打字速度，果然，八卦能够激发人的潜能啊！在看完最后一个字，通过那些渲染得有些离谱的文字，梁缇柳觉得自己仿佛又相信了爱情。

"夏杨。"梁缇柳抑制不住内心激动，喊了她一声，"你最近和宋辞学长走得很近吗？"

"嗯？还、还好吧……"

不知道为什么，夏杨看起来有些心虚，虽然，她也不知道自己为什么要心虚。

"只是'还好'吗？！"梁缇柳刻意把声音拉长，但不多久，又恢复成正常的语态，"毕竟我是你室友，所以，班上说的那些八卦呢，我是不信的。"

夏杨狐疑道："我那次好像看见你参与得很开心？"

"那是凑个热闹，不过，有一句话叫旁观者清当局者迷，夏杨，你听说过吗？这句话还是有些道理的。"梁缇柳想了想自家老大和八百年都开不了悟的蠢萌室友，脸不红心不跳地开始助攻，"夏小杨，你自己想想，和宋辞在一起的时候，你的反应正常吗？"

"反应？"

也许是梁缇柳的表情太过认真，夏杨还真的一时被她唬住了，认真开始思考起来。

梁缇柳趁热打铁："对啊，虽然大家都是凑热闹在拉郎配，但也不是毫无依据地拉郎配啊。你仔细想想，你和宋辞之间那种小磁场，还有你们平时的相处方式，哪样不像是在昭告天下，说你们在一起了……"

随着"在一起"三个字响起，夏杨瞬间回想起之前被喂烤肉的那一刻，一张温柔笑脸随之浮现在眼前，明晃晃的，闪得她整个脑子都不够用了。

夏杨想了很久都想不通，最后，只是弱弱地说了一句："可是学长只是好心吧，况且，我也有喜欢的人啊……"

"什么好心啊？你看他对别人好……哎，等等……你有喜欢的人？"

自觉说漏嘴的夏杨飞快戴上耳机转向电脑，一副"刚刚都是幻觉，其实什么也没有发生过，你什么也不要问我"的样子。

但梁缇柳却不肯放过她。

只是，不肯放过又怎么样？夏杨是那种只要不想说就绝对一个字都不会再蹦出来的性子，不论自家室友怎么问，她愣是没说一个字。

她才没有忘记，梁缇柳是认识时旭的呢。

费了好多工夫，梁缇柳终于放弃了，只是在那之后，她忽然环着手臂一脸严肃。

"夏杨，我知道你很不喜欢说自己的事情，但有时候我还真不是纯粹好奇，而是真的关心你。你反应那么慢，又经常看错自己的心情，连难受都能当成是不舒服，我没有别的意思，就是很想知道，你确定自己是喜欢那个人，不是理解错了自己的心意吗？"

梁缇柳说完，忽然觉得自己的表达有些问题，于是理了理。

"我知道你在很多事情上其实不需要人担心，但你喜欢上的是怎么样的人，你真的看得清吗？倒不是怀疑，只是你这么迷迷糊糊的，叫人不放心，就算是站在八卦之外、朋友的立场上，我也挺想帮你看看那个人的。"

说着，梁缇柳挠挠头，她到底是在说些什么啊？怎么话到嘴边就像是变了个意思？明明是关心，说出来却和什么似的，带着难以言说的恶意，谁听了都会不舒服吧？

夏杨摘下耳机，回头就看见梁缇柳满脸的纠结："我知道你的意思，不要纠结了，大家都是不会表达的人，谁还不了解谁啊。"

"那你……"

忽然又陷入了阵阵的迷茫中。

"我、我刚刚听你说完那些话，忽然有些奇怪的感觉。"不等梁缇柳搭话，夏杨摸了摸肚子，"我好像又有些饿了，明明刚吃饱的。"

梁缇柳翻了个白眼，没继续下去，只是随着她把话题转移掉。

有些事情，对方不想说、不想提，她也不会一直揪着不放。在合理的范围之内，每个人对自己的选择都有决定权，除了那个人自己，没有任何人有资格去指手画脚，不论是站在什么立场上。

虽然梁缇柳也希望夏杨能接受十一，但如果她真的有了喜欢的人，而那个人恰好不错，又喜欢她，自己也会祝福的。只是……

默默看了一眼"关爱空巢老大"的群组。

唉……

两边都是亲友的人生，怎么就这么难过呢？

5.
抄袭风波过去之后，夏杨的热度也随之慢慢变淡。

夏杨还是过着和以前一样的日子，上课画画、回寝室码字，好像没有什么区别。

可是，经历了一段时间的点击评论双升高，再回到一个人单机码字，没有留言没有浏览，这样的对比总是有些难受的。

再加上……

夏杨不是不知道自己的性格和反应有多慢，但现在既然意识到了心情上的不对劲，就总想去解决。不然，就好像有什么堵在心口里，上不去下不来的，让人不舒服。

在各种烦恼之下，她抿着嘴唇发了个动态，是一只咩的日常。依旧是讲故事的方式，却在里边夹着自己的心情和影子。

电脑后边的宋辞在看到之后，没有立刻去问夏杨，而是戳了梁缇柳。

每一次她一发什么就去问，看起来实在有些明显和刻意。不知道为什么，最近在学校，夏杨有些躲着他，但宋辞依照她的性格推断，也许，他该再放慢一些。

——她啊？不太清楚具体的原因，但大概是写文上的事情吧，最近明显盯着自己文章页面发呆的时间多了，也不知道是遇到了什么瓶颈，估计是因为这个在不开心。

宋辞：因为写文的事情？

——嗯呢，前几天她还在和我说，虽然知道做某些事情就该要耐得下心，但单机太久还是难过。她大概以为我不知道"咩上"的事情，所以没有说明，但我想，就是这个了。

宋辞摩挲着手机，想了一阵：谢谢，我知道了。

接下来的那几天，李幕渊总是看见宋辞抱着手机在看小说，虽然不知道在看什么内容，但"看小说"这个行为已经让他很惊讶了。毕竟，宋辞的时间一向很紧，他的爱好里也从来没有这个。

的确，宋辞不喜欢看小说，哪怕是尝试，但如果真的不好看，他也不会勉强自己。可他在她的故事里，找到了言情之外，别的东西。

他看过她的微博，知道她以前被人说过浪费时间，说过那些不过是没有营养的故事，不值得放太多心力。可事实上呢？同理心是个好东西，每个人都有自己认为重要的事情，不是每一件都能被完全理解和接受，有时候，在坚持的事情或许会被人说成没有意义，但对于当事人而言，那其实是很重要的。

在看小说的时候，他不止看到了那些故事，更看到了故事后边，她无意识带出来的某些东西，比如对事情的判断，很多东西上自己的观点，还有，一个人对它们的重视。

当天晚上，他在她所属的网站注册了一个小号，最开始想到她的"海楼"，宋辞输入的昵称是"云生"。然而，就在他点击提交的时候，下边蹦出来一个"已注册"的提示。同样，之后的"云生生""云云生""云生123"都被注册了。

最后，总算注册成功了，他抿了抿嘴唇，对着"云深"的注册名叹一口气，随即，想着要符合网站的气氛，避免不自然，宋辞学着其他评论区的语气，面瘫着脸在"咩上"的评论区打下："嘤嘤嘤大大我好喜欢你！"

想了想，他又加了一个颜表情：(・ω・)

在李慕渊的眼里，宋辞虽然人不错，但一直就是有些冷漠的。

所以今天，在他看见宋辞这副样子的时候，就觉得格外惊悚。

看那个眼神是怎么回事？要笑不笑还带着丝丝纠结的，这是抽了吗……

李幕渊一边惊悚一边还凑过去看了一眼他的屏幕，在看到内容之后，他脸上的惊悚变成了惊悚Plus，接连着退后三步，满眼的不可置信——

Excuse me？！

Are you kidding me？！

那个嘤嘤嘤和颜表情是什么鬼？我家老大才不可能这么娘好吗？！

李幕渊捂住自己的小心肝，退后退后再推后，直到被邵梓琛敲了一下后脑勺。

"干吗这样捂着心口一副少女的样子？辣眼睛。"

而宋辞回头，饶有深意地看了他们一眼，脸上却依然是一副万年面瘫的模样。

"我什么都没看见。"

李幕渊捂着脸转身就回了床上，连邵梓琛敲他的那一下也没来得及计较，只顾着躲避某道"射线"，防止自己被击穿。

难道这就是传说中爱情的力量？

嗯，如果真是的话，那也真是……

太可怕了。

6.

课程结束之后，随之而来的就是寒假。

距离大四毕业，只剩下一个学期。

夏杨家就住在本市，回家很方便，比起大家拖着大包小包各种行李，她倒是轻松得很，今天一个包明天一个袋子，很快就把东西给带走了。只是万万没想到，当她最后一天收拾好东西回到家的时候，家里居然一个人都没有。

对着黑漆漆的屋子叹了口气，夏杨认命地走到冰箱门前扯下黏在上面的小字条：

宝贝，爸爸妈妈出去旅行了，半个月以后就回来哦，爱你！

嗯，一次半个月，一年出去二十四次，真是美好的二人世界。夏杨在心底吐了个槽，脸上却带着笑。说起来，自家父上母上真是过得越来越潇洒了。

夏杨随意地把脚边包裹轻踢开来，瘫在沙发上，虽然东西不多也不累，但回家就往沙发上一趴好像是一种习惯，按照这个习惯来说，接下来，她或许还得小睡一会儿……

"滋——"

可今天像是有些意外。

夏杨原本已经涌到头顶、几乎要将她吞没的睡意，被电钻声一下子钻了个洞，然后迅速从那里散了个干净。

她抱着抱枕走向门口，对着猫眼往外看，正巧看到对面进进出出在装修的样子。她打了个呵欠，挠挠头。所以隔壁的叔叔搬走了吗？也不知道新来的邻居怎么样……

她揉揉眼睛，没再多想，拖着脚步回了自己的房间，却不知道，就在她关上门的那一刻，对门的屋子里走出来一个人。那个人原本微低着头，却在走出来的时候抬了眼睛，往这儿看了一眼。

但也只一眼，随后，他缓步下楼，街灯昏黄的光映在他的脸上身上，而他在楼下脚步微顿，抬头，那原本微暗的光霎时便像是夕烧的暖阳，凭空漾出几分温柔。

很多大四毕业生都在趁着这最后一个假期实习或者找工作，宋辞也不例外，不过他想的是自己创业。

毕竟以后的日子还有很久，每天都要接触的话，他认为，还是得做自己喜欢的事情。不然，要像那些成日抱怨却因为一些缘故而无法改变的人，日复一日只做着烦累憋闷的事情，实在是没有意思。

也是因为这个，在目前的筹备阶段，他暂时没有什么时间回家，于是便留在了这里。说出来或许没有人信，但他租到这里，其实是巧合。

要不是刚刚从学校过来查看房间安装的装备，正巧遇见从学校回家的夏杨，他还真不知道，她是住在这儿的……

嗯，等等。

又或许，不是巧合。

宋辞最近有些忙，李慕渊便自告奋勇承担了帮他看房子的重任，说起来，在把钥匙给他的时候，李慕渊的眼神像是有些微妙。

回忆起这个细节，宋辞低头笑笑。自己这个兄弟啊，有时候，确实让人不知道怎么说。

还是挺"热心"的。

Chapter.8
自以为的喜欢

1.

咩上和十一是因为广播剧才会认识，单纯的合作关系，大家都是这么认为的。

可是，十一配过许多广播剧，除了咩上之外，却没有和哪个合作过的作者有过多交流，这就不太好解释了。这样那样，几番下来，许多粉丝都好像从他们微博的互动中看出了什么端倪。

只是，某只蠢羊大概是迟钝又粗神经，始终没有察觉。

晚上的YY频道里，身为当事人之一的夏杨，披着新申请的马甲蹲守着，等待十一大大发声。倒不是不喜欢原来的号，能亲密接触男神，能和男神挨近，当然是很好的事情。但那个被给过橙马的号实在是太显眼了,每次都要接到许多十一粉丝的私戳。

唔,果然还是这个小号比较有安全感。

公屏:

十一大大来了耶!

咦,为什么十一大大来了却不说话?

十一大大不要闭麦,我们都看到你了!

嘤嘤嘤十一大大这几次都会来真的好难得,但为什么和她们说的不一样,说好的一来就唱歌呢,难受委屈心里苦……

扫了一眼列表,难道是因为咩上没来?

……

自十一上线,公屏上就没消停过,聊天闪得飞快,夏杨原本也想说几句话,却在看到某句话的时候不由得愣住。

那句话不过一闪就过去了,但她却像是因此被定住,整个人都愣怔起来。

什么叫"难道是因为咩上没来",十一不开麦和她有什么关系?

夏杨愣了愣,等了许久,鬼使神差登上了原来的号。也就是在刚刚登上的那一瞬间,原本沉默的十一忽然就开了麦,虽然只是和场控随意调侃了几句,但这也足够让迷妹们激动了,公屏一轮接一轮,闪得她有些恍惚。

她一边在心底想说只是巧合吧,一边又有一点点的小欢喜。

其实现在她和十一的关系已经算是比较熟了，她也听过很多类似的话，说的是，如果你和你的男神或是女神有所接触，那么，原先因为遥不可及而生出的崇拜，多多少少会变淡，熟悉度是会减淡惊艳感的。

可大概是喜欢了十一太久，又都是二次元的接触，即便说话聊天也隔着一层屏幕，怎么看，都不觉得距离缩了多短。该在的距离还是在，那么，遥远的人便始终遥远。

在这样的情况下，你要说男神会因为你做出自己的改变，谁信呢？

夏杨摇摇头，不再多想什么，只是安静听他唱歌。然而，就是这个时候，那边唱着唱着，忽然就掉线了，公屏里乱得连场控都控制不住。

此时，面对着漆黑一片的房间，宋辞有些沉默，检查了一遭才发现是保险丝烧断了。他轻叹口气，打开门望了望对面，想了会儿，终于叩了叩门。

"请问有人吗？"

这边的夏杨还在对着电脑纠结要不要私戳问问十一大大怎么回事，没想到刚一点开聊天窗口就听见外边有人敲门。隔着一道门板，那个声音听起来有些耳熟。

"谁啊？"

"我是隔壁新搬来的，家里保险丝烧坏了，请问……"

门外的宋辞一本正经地说着，像是根本不知道里边是谁，而透过猫眼看见他的夏杨却吓了一跳，瞬间打开门："学长？"看了下他又望了眼对面大开的门，"新搬到这里的居然是你？好巧啊。"

宋辞淡定笑了笑："的确很巧。"

"可是你的表情看起来为什么……"为什么一点儿都不惊讶的样子？夏杨挠挠脸，差点儿没问出来。

"什么？"

"呃，没什么。"夏杨接上前面的话，"保险丝烧坏了，那你是要借什么东西吗？"

夏杨始终只是探出小半个身子，没有把门完全打开，眼睛亮亮地抬着，像只在洞口侦查环境的小兔子。女孩子，有些警惕心是好事，宋辞这么想着，忍不住想摸摸她的头来表扬。

而事实上，他也这么做了。

"你头发上有纸屑。"对上夏杨疑惑的眼神，宋辞一本正经地说。他收回手，站在门口，看起来没有要进去的意思，"然后，麻烦了，我想借一下扳手和螺丝钳。"

"啊，那个好像在柜子里，我找找。"

"谢谢。"

夏杨半开着门，自己跑了进去，而宋辞依然站在门口。

刚刚还说她有一点警觉性，现在就这样开着门跑走了，万一站在这里的是别的什么心怀不轨的人怎么办？宋辞皱了皱眉头，忽然又有点儿担忧。

　　小区里种了许多银杏,楼道外边落了满地的浅金色,有风刮过,地上的落叶被卷起来,一阵一阵打着旋儿。有小孩子追着被风卷起的叶子在跑。只是,随着旋儿被吹到别的地方,银杏叶刚刚落地,那孩子还没来得及将它捡起,很快又是一阵风袭来——

　　"砰!"

　　身后那扇门被风带上,磕出很大的一声。

　　宋辞一愣,转身,向来淡定的表情有些崩坏的意思。

　　恰好这时夏杨取了工具箱出来,刚到门口就听到这个声音,越过宋辞探向对面,再抬头看见他的表情……

　　这一刻,夏杨忽然觉得自己有些不厚道。

　　因为她居然没忍住笑了出来。

　　不过,学长这个表情,真的……有点儿可爱。

　　在听见这声轻笑的时候,宋辞回神,低眼对上的是一双月牙儿似的眼睛,忽然间,他就有些无奈。

　　"不好意思,发生了些小意外,大概需要开锁公司来拯救一下。"宋辞指了指自己的房门,摊手,"能借我打个电话吗?"

　　2.

　　很多时候,大家都习惯用天气来表达心情,阴雨连绵是压抑,艳阳高照是欢喜。换句话说,若是晴天,你便安好,但要是碰上点儿背的,外面阴转暴雨外加北风八级电闪雷鸣，要安好，那真是碰鬼了。

坐在夏杨家的沙发上，宋辞放下水杯，转头，边上的女孩看起来有些走神。

夏杨好像很容易走神，动不动就喜欢发呆，宋辞知道，所以没有多想。可边上的夏杨，却是时不时瞟一眼身边的人，各种心神恍惚。

说起来，这一回，她的走神还真的和宋辞有关。

就在刚刚，宋辞进门之后，夏杨因为一个小插曲，忽然之间愣在了电脑前，像是被窗外一道闪电给劈了个激灵，一瞬间串起原先没注意或是不在意的很多东西。那些东西，原本像是散乱的毛线，没有头绪，但她刚刚好像一不小心抓到了个线头。

那个线头，大概是她在给宋辞倒水的时候，抽空去瞥的一眼YY。

YY频道里，因为十一忽然掉线弄得大家一阵骚乱，场控控制不住，于是禁言了，公屏上大大的一行字，给出的理由是十一大大新搬的房子，电路出了问题。

新搬的房子，电路出了问题。

这个设定，怎么听起来有点儿耳熟？夏杨的视线越过电脑看向宋辞的方向，对方见状，回她个笑，而她立马虚得藏回了屏幕后边，心脏猛地一跳。

这是不是有点儿太巧了？

夏杨神游天外，游完之后，忽然就想起上次那个还没开口就夭折在了肚子里的问题。那时候她的措辞有点儿不对，本想问他的声音，却不小心问成了为什么觉得看起来这么熟悉。然后被宋辞几句话带过去，她一下子就忘记自己原本准备问什么。

"学长。"

原本微笑着给他倒水的夏杨，忽然之间换了一脸紧张兮兮的表情，连着唤了他几声，像是有什么事情，但就是不说。这样几句下来，反而弄得宋辞也跟着莫名有些不自在。

"嗯？"

"你、你知道广播剧吗？"

宋辞一愣："知道，怎么了？"

"我想……"

想什么的，夏杨还没有说完，忽然就被电话铃声给打断了。

夏杨低头看了眼号码，看见是刚刚打过去的开锁公司，她顿了顿接起来，大概是阴雨天信号不好，她走到窗户边上，"喂"了好几句，而宋辞就坐在沙发上看着她。

宋辞就是十一这件事情，他从没有想过瞒她，只是她好像从来没有发现过，不曾问起，于是他也就没有刻意去提。

十一配广播剧，大多时候用的都是伪音，配合戏腔，这样才能更加贴近那个角色。或者，就算是本音，但哪怕是打电话，电流的另一端，声色也会有所改变。如此下来，再加上二三次元的差距明显，绝大多数人都不会把它们混为一谈,所以,他并不奇怪她一直没有怀疑。

尤其夏杨一向迟钝,却没有想到,今天她会忽然问起这件事情。他确实有些意外。

挂了电话,夏杨从窗户边上走回来,头发被涌进窗的零星细雨打湿。

"学长,那个开锁公司,他的车在半路上抛锚了,加上外边风雨太大……"夏杨有些艰难地和宋辞解释,"他的意思,今天大概是来不了了。"

原本还在想着之前的问题,然而,在夏杨说出这些话的时候,宋辞一顿。

夏杨的意思很清楚,宋辞的家,今晚大概是回不去了,而他的身上什么都没有,不大可能去外边住。所以,如果他没有认识的人在这附近,可能就会有些麻烦。

宋辞觉得,夏杨大概是做不出来赶人的事情,却又顾忌着他们在一起不方便,才会露出这样的表情。

像是抱着瓜子斟酌着吃还是不吃的小仓鼠的表情。

看得人忍不住想笑,想去捏一捏她的脸。

夏杨大概要旁敲侧击一下他的去留了吧?

果然,宋辞刚刚想到这儿,夏杨下一刻就问了出来。

"那个……"夏杨故作镇定,"学长你有什么认识的人住在本市吗？"

头顶上的白炽灯尽职尽责,把屋子照得透亮,一切看起来都很清楚,包括站在宋辞前边,从耳朵尖尖一路红到脖子的夏杨。

所以她现在是在想些什么？宋辞微不可查地扬了扬唇。

"有。"他淡淡应道。

夏杨忽然抬眼："咦？"

"你。"

宋辞故意说道,缓缓喝了口水。

大晚上的,这里只有他们两个人,他当然知道她的顾虑,也知道这样实在不好。就算夏杨不问,其实,他也打算出去外边的招待所或者什么二十四小时便利店待一晚上。

只是,在这之前,看见她呆呆愣愣的样子,他就是想逗她一下。

恶趣味,但忍不住。

果然,小蠢羊整个人更熟了一些,几乎要缩起来。

"那个,学长,我……"

夏杨努力组织着措辞,冷不防被眼前人的笑声惊到。

宋辞站了起来,摸摸她的头,动作极为熟稔自然,像是模拟过很多次。

"逗你的。"他往外走,"我记得楼下不远有个招待所,打算去那里待一晚。只是不知道,能不能借一下你的伞?嗯,还有,我身上也没有带钱。"

他说得坦然,话里却带了点委屈,让人无法拒绝。这样的语气和声音,再配上宋辞无可奈何的小表情,哪怕他是想留下来,也没有人会拒绝吧?夏杨愣了愣。

"啊!有、有的……"

愣完之后,飞快反应过来,夏杨拔腿就往房间里跑,然而却忽略了一件事情——

那就是,从她放假回家到现在,那个箱子始终横在门口,没有收拾过,经过那个地方,是需要跨的。

"小心……"

在看见那个障碍物的时候,宋辞连忙开口,然而还没来得及提醒,夏杨已经被绊倒了,摔出很重的一声,单是听着,都让人觉得疼。重重叹一声,宋辞几步走过去,本想扶起夏杨,却在看见她咬得发白的下唇时停了手。

"好像,崴到的是上次那个地方……"

宋辞动作一滞,把人打横抱起,走进房间,轻轻放在床上,然后弯身去看她的脚踝。

夏杨本来就是怕疼的人,尤其现在,崴到之后更是钻心疼痛。

可在宋辞握住她脚踝的时候,她却不自觉走了个神。

都说历史总喜欢重复，可这也重复得太快了一些吧？毕竟，现在距离她上一次崴脚并没有多久啊。宋辞微微抿着嘴唇，眉头紧蹙，侧脸的线条分明又柔和，和当时的样子一模一样。

"你家有没有冰袋？"

"嗯？冰袋好像没有，但是冰箱下面应该有碎碎冰和冰激凌之类的。"夏杨红着眼睛往外指，"就在那边左转的厨房里。"

"好。"

宋辞应了一声，快步往外走去，不一会儿就取回了一根冰激凌。

他蹲下身子，刚把手里的东西套上塑料袋，准备往她脚上贴来着，这时候，忽然又停了停。他抬头，声音很是温柔："可能会有点冰，你忍一忍。"

作为一个网络小写手，夏杨其实写过很多动人的情话，随便摘出哪一句，都能把人撩得不要不要的。她也曾经为自己担忧，写了这么多这样的东西，以后万一有了男票，听见情话却不能被打动怎么办？

可就在刚才，她忽然觉得，从前的自己真是想得太多了。

不必动人，不必深刻，甚至不必是情话。

单单就是宋辞抬着头，举着套着塑料袋的冰激凌，对她说"可能会有点冰，你忍一忍"这样的话，就已经让她觉得心中一动，脸上有些烧了。

只是，让她有这样的感觉，为什么会是宋辞呢？她不应该是喜欢时旭的吗？

夏杨有些恍惚地想，可说是在想，其实，这个念头在她的脑海里一闪就过去了。这种感觉，实在是有些奇怪。

见夏杨没有回应，宋辞轻轻一歪头："嗯？"

"嗯。"

夏杨乖巧无比地点头，眼睫毛还有些潮，黑黑密密湿漉漉的，看起来像只受了委屈的小动物。宋辞却没有想太多，只是拿着"冰袋"在她红肿的地方按着。

不知道按了多久，夏杨忽然想到什么，开口问道："学长，你手凉吗？"

"不凉。"

"可是你的指尖看起来有些发紫。"夏杨的声音听起来有些担忧。

宋辞微愣，换了只手扶冰袋，一副轻松随意的样子："这样就好了。"

卧室里只开着床头灯，暖黄色光线自夏杨身后撒到宋辞面上，离得近了，便觉得那光映在他的眼里，这感觉，看起来像是琥珀，透明而澄澈的一颗，里边聚着暖阳。

"还差五分钟。"夏杨看着宋辞，宋辞却盯着手机看时间，"你自己扶一下，我出去买个药膏。对了，还是得问你借伞和钱。"

外边的风雨未歇，反而看起来更大了，加上电闪雷鸣的，这样的天气，要出去，怎么看怎么都不适当。

"学长不用麻烦了，我……"

"不麻烦。"宋辞一口截断，"不过你这个样子，看起来似乎很需要人照顾。"他笑得有几分狡黠，"所以，如果我说我想留下照顾你，你会不会觉得我在乘人之危？"意料之中，眼前的人一脸茫然，他失笑，"放心，不会对你做什么。"

夏杨完全不在状态地点点头："我、我也没想什么……那就麻烦学长了……"

床头柜上的小玩偶一脸天真地看着这一切，怀里抱着的小鱼干却因为夏杨一个不小心挥了下去，掉在了"滑稽"抱枕的脸上。一切的一切，怎么看怎么微妙。

3.

窗外的雨势很大，敲打着玻璃窗噼里啪啦一通响，当宋辞买完药回来，身上的衣服被雨打得半湿，衣袖和裤腿几乎都要滴下水来，嘴唇也冻得发白。可就算是这样，他也只是微微笑笑，在她出声发问的时候，只轻轻巧巧说一句"不碍事"。

夏杨的性格，是有人可以依赖的话就很难独立，但如果没有人或者只有不熟的人在身边，她其实也可以把自己照顾得很好，甚至，有些时候，她也可以把别人照顾得很好。

按照常理来说，这种总是把什么关系都分得清楚的人，其实并不会喜欢，或者说，其实会有些抗拒多去麻烦别人。夏杨也不例外。可大概是有过前几次的经历,每次觉得无助,这个人总会出现在身边,所以,这一次也就下意识选择了依赖。

脚踝被绷带包得仔细,夏杨伸手碰了碰它,抬头看着紧闭的房门,好像要透过它就能了解到客厅的情况一样。刚刚宋辞本来是想先帮她上药包扎,但在她的坚持下,他最终还是先去冲了个澡,拿了她父亲的家居服,换下了被雨打湿的衣服。

宋辞平时看起来有些让人难以接近,但刚刚,或许是穿着家居服,又被浴室的热气蒸得脸上粉白,刘海半湿着垂在额上……

在他为她包扎的时候,她忽然就生出一种和这个人在过日子的感觉。

这个想法来得莫名其妙,让人心慌,却又让她没办法转移注意力,只是一个劲儿地胡思乱想,然后成功地把自己给绕晕了,还被他发现,弹了额头。

宋辞把力度控制得很好,只弹了很轻的一下,不疼,刚好让她回神。

夏杨摸摸之前被弹到的地方,忽然就想起,刚才,她因为他的动作而下意识眯起眼睛的时候,隐约看见他微微扬起的嘴角,笑里带着说不清的味道。嗯,虽然说不清,但不知道为什么,就是有些暖。

放下手来,夏杨又望向关着的房门……

现在的她和他,不过一门之隔而已。

他们家没有客房,夏杨爸妈的房间不大方便,也不知道学长在沙发上睡得怎么样，虽然开了空调，但客厅总归会有些冷吧？不自觉拧了眉头，夏杨叹一口气，拍拍脸。

"不想了不想了，码字吧……"

作为一个网站签约小写手，她每天都得更新一定的字数，倒不是为了什么全勤和订阅，只是，虽然追她文的人少，但不论如何，总得对得住那些小伙伴的期望啊。

退出 YY 频道，夏杨满怀干劲儿地打开文档，也不知道是被什么想法干扰了思绪，现在，她的脑子里已经完全不记得原先想问宋辞的事情了。

就像梁缇柳曾经说过的，夏小杨就是个单细胞生物，一被转移注意力，可能就再也没法儿转回来。说得好听叫天生洒脱乐观，但要换成直白的说法，唔，大概是与生俱来带点二，记性还挺差。

整颗心扑在故事情节里，夏杨很快就投入了进去。

她不喜欢写什么复杂的东西，也许是外面的世界太过于纷杂，她只想创造出一个温柔的小世界。也许就是因为这份平缓，喜欢她的人并不太多，毕竟平缓的东西是没有太多可看性的，大家都更喜欢轰轰烈烈和死去活来。

这也没什么好说，要讲到看小说，夏杨其实也更偏向于跌宕起伏的情节。可那又怎么样呢？就算知道，她还是想这样写。

她游戏里的男神说过，"人都是很固执的，尤其是在要走哪一条路上"。也许是固执吧,但如果连自己的爱好都要考虑外在因素,那也实在是太无趣了。

在一个情节结束之后,借着故事里的人的口吻,夏杨敲下一段话。

"我看见好看的故事,也想让你去看,我喜欢吃的东西,也想带你去吃,我去过好玩的地方,也希望,在那个时候,身边能够有你……"

从前,她写故事的时候,心里就只是故事,可现在,在敲下这一段话的时候,夏杨眼前浮现出来的是宋辞的脸。

床头灯的亮度没有调过,还是二档,就是刚刚,他给她包扎时的光线。在这样的光线里,半个小时之前,宋辞坐在她的床边,低着头,边上是白色的纱布,他上完药为她细细缠上,间或抬头看她一眼,问一声"疼吗"。

声音很轻很柔,像是哄小孩的语气,她却莫名觉得受用,哪怕是他下手重了也咬一咬牙对他笑:"一点儿都不疼!"

而他听了,抿着嘴弯一弯眼睛,眉目间含着的暖意,如阳春三月、春风和煦,她赤着脚走在温软的棉花上,往前一扑,就掉进了云朵里。整个人都轻飘飘的。

敲字的动作一停,夏杨对着文档,忽然有些呆愣。

这种感觉……是她,对宋辞的?

就在夏杨不可置信地想到什么东西的时候,对话框忽然因为窗口抖动自发弹了出来,是梁缇柳发来的。照例先是一排刷屏的表情包,在她发过去一串省略号之后,对方才进入正题。

——夏杨!!你在电脑前面吗!!!

夏杨:在在在!所以!能不能不要乱用感叹号!

——啊啊啊啊啊……我告诉你!

告诉什么的之后,梁缇柳忽然又不说话了,夏杨盯了屏幕很久,那边却连一个"正在输入"也没给她。

于是她一脸黑线:你是不是觉得撩完就跑很刺激?

还没来得及按下回车发送,手机就忽然响了起来。

夏杨下意识接了电话,还没来得及说话,对面就是一阵尖叫,刺得她伸长了手把手机放远,好久以后才凑近耳朵:"怎么了?"

"那啥,我想了半天,还是得打电话,文字完全无法表达出来我的心情!夏杨,我告诉你哦。嗯……"梁缇柳深深呼吸,"你有姐夫了。"

这一次,换成了夏杨反应不及飞速坐起然后成功地扯到脚踝,下意识惊呼一声。而门外的宋辞闻声敲门,站在外边,掩不住地担心:"你怎么了,发生了什么?"

夏杨连忙捂住听筒回应:"没什么,不小心扯到了一下,不用担心。"

这才重新回到梁缇柳这边,可经此一番,那边却忽然冷静了下来。

"夏杨。"梁缇柳越琢磨越觉得刚刚那个声音耳熟,只是离得远又不清晰,她也不确定自己有没有听错,"刚刚是谁?"

夏杨虽然心虚，却又状似诚恳地回答道："我爸。"

"叔叔的声音，听起来好年轻啊。"

"可不是吗，哈哈哈……"夏杨干笑几声，含糊着把事情糊弄过去，"所以你刚才想和我说什么？"

"啊！我就是告诉你，我们寝室的单身狗，以后只有你一条了。"梁缇柳笑得很夸张，声音里却带着几分不易察觉的小娇羞，"那个，我有男票了。"她的声音越说越小，"其实也不是多大的事，但就是忍不住想和你分享一下。"

"哎，这么突然？是谁是谁？"

"那个人，你也认识的。"梁缇柳的娇羞没有维持多久，紧接着又豪爽起来，"就是时旭啊。"

4.

在确定夏杨没什么事之后，宋辞又回到沙发上躺下。夏杨家的沙发并不大，至少对于宋辞而言，要躺下，得蜷着，很不舒服。但一想到那个人就在离自己不远的房间里，他又有些安心，好像那些不适都消失了，什么也都恰当起来。

当然，这些所谓恰当，不过是心理作用。

但如果真能出现这样一个人，仅仅因为存在，就把你的主观感受颠覆，不舒服也能够变成舒服，似乎也是很神奇的体验。

的确，要说第一次注意到她，是在迎新生那一次。当时也不是没有动心的感觉,只是并不那么强烈,而真正想要靠近,那还是上次见面。

上次,就是距离现在不久,她第一次扭到脚的那一次。

说起来好像都是巧合,清浅的两面,但就是这样的巧合,没有根据,却是只要摆出来,就能让人信服的"宿命"两个字。

宋辞是个唯物主义者,也不是什么爱做梦的小女生,其实不太信这个。但现在说起来,却忽然觉得有些玄。也许吧,没法儿解释的东西,多多少少,都有些玄。

那天,他是在食堂遇见她。

可天知道,在学校的四年里,他从来没有去过食堂吃饭。难得去一次,就又遇见了她。

草木上结的霜融在地里,随着秋风漾出些微的寒意,那寒意掺和着落叶,一阵一阵儿飘着,入眼,点点星星都是枯色。可就像曾经迎新的那个盛夏,当时的宋辞不待见那炎热燥人的天气,却从她递给他的一根冰激凌感觉到了清爽,这一次,也是如此。

在看见她的那一瞬,枯叶似乎也变得可爱起来。

食堂的队伍很长,宋辞排在夏杨后边。

小羔羊一个人的时候总是很安静,可那天不知道是不是饿惨了,一边揉着肚子,一边小小声地嘟囔着"好饿啊""要扁了",时不时抻着脖子去看今天有什么菜,顺便也鄙视一下前边插队的人……

宋辞在她身后,忽然就有些想笑。

怎么会有这么可爱的女孩子?

接着,他转了目光,望向那个插队的人,刚刚准备去提醒,却不想夏杨先于他有了动作。

也许是被饥饿所驱使的正义感顺着背脊蹿上了头顶,小尿包夏杨皱着眉头拍了一下插队的人的肩膀:"那个,同学……"

插队的那位正掏着钱包呢,感觉到有人拍了自己的肩膀,一下转过身来,倒竖着眉头狠狠瞪她,手臂上的肌肉也跳了一下,看起来……不太友好。

"干吗!"

周围很闹,可是,这一刻,宋辞清晰地听见夏杨咽口水的声音。在没有人注意的异世界里,夏杨的正义感顺着背脊滑落下来,在提醒他排队和认怂之间,她默默就选择了后者。

"你、你头发挺好看的。"

在这句话音响起的同时,四周传来几声轻笑,笑得夏杨不自觉缩了缩脖子。宋辞却是皱了眉头,上前一步。

"同学,请不要插队,谢谢。"

用眼神逼走对方之后,眼前的女孩愣愣回身,一双眼睛水汪汪将他望着,弄得他有些不知道怎么反应,只能轻咳一声,提醒道:"到你了。"

"嗯？啊，哦……"夏杨一脸茫然地转了身，然后大着舌头点餐，"阿姨，我要胡萝卜烧鸡和那个红烧肉，谢谢。"

原来她喜欢吃这个。当时的宋辞，在心底这么说。

"不好意思，我好像没带钱包。"站在他前边的女孩悻悻开口，"那个，饭卡也在钱包里。"一下又想起什么，"啊，但是我带了手机！这里可以转账吗？"

夏杨满脸期待地望着阿姨，得到的却是冷酷又无情的答案。

"不行。"

"我帮你付吧。"

宋辞这么说着，刷了自己的饭卡，可直到他都付完自己的餐费、打完菜了，夏杨还端着餐盘站在边上，等他瞟向她，她才像是终于反应过来似的小声道谢。

而宋辞只是低一低头："不客气。"

李幕渊曾经说过，十一啊，看起来是男主标配，但人家的男主都是腹黑强势，可是他性格闷骚还挑剔，挑完了之后还不懂得争取，这样下来，何年何月才能找到一个妹子？这一番话，句句都在点子上。的确，宋辞不喜欢争取，在感情上，他总是很懒散的。

所以，哪怕那年迎新时就注意到了夏杨，也会在她忘记他之后随便就算了，也会在帮她付完餐费之后，随口答一句不客气，转身就走。

可要不怎么说是天意呢？这边的宋辞刚刚转身，那边夏杨就摔了餐盘。

望了一眼自己的餐盘，又望一眼可怜巴巴蹲在地上的夏杨。从来不怎么会多管闲事的宋辞，在这一刻不知想些什么，端起餐盘便朝她走去。

"你这是要捡起来吃？"

故意打趣的一句话，只是局限于它主人一张总是没有表情的脸，看起来便也不怎么像是玩笑。对于这个情况，宋辞说出来的每一句玩笑话都表示"话话心里苦"。

"嗯？"宋辞弯下身子，这么问她。

果然，夏杨抬头望他一眼，回答得认真："没有，我收拾收拾，太多油了，很滑。"说完之后，她微微一顿，"对了，我该怎么还你钱啊？"

半蹲在地上，夏杨稍稍仰着头，眼睛又亮又圆，眼白处微微泛着点蓝，看起来像是乞食的小动物，满满都是无辜感。

"不……"本来想说不用了，但在对上那双眼睛的时候，宋辞忽然转了话锋，"不然加一下联系方式，你发个红包给我吧。"

"嗯嗯，你号码多少？"收拾好地面的夏杨站起身子，对着自己沾了菜油的手满脸纠结，"要不然还是你加我吧？我现在可能不是很方便拿手机……"

最后一个字的尾音在一颤之后成功地变成了惊呼声，就在宋辞低头的时候，夏杨已经摔在了地上，看起来摔得不轻。而那个撞了人的汉子也是一脸无措地站在旁边，说句话都磕绊。

"嘶……"

"怎么样？"宋辞下意识低了头去扶她，可夏杨却站不起来。

或者说，她顺着他的力道，刚一站起来，很快又摔下去了。抬起头来的夏杨满脸冷汗，脸色一瞬间就白了下来。

而后来，就是宋辞扶起她，送她去医务室，继而相识。也是那时候，他发现夏杨就是新合作的小写手"咩上"，于是，忽然就生出些奇怪的感觉。

那种感觉，大概是——

真巧，你喜欢十一，我也有些喜欢你。

5.

把手枕在脑袋下边，宋辞换了个姿势，仰躺在沙发上。

李幕渊说得很对，他对什么都随意，哪怕是感情也不懂得争取。

所以，这一次的一时起意，连他自己都觉得有些不可思议。而更不可思议的，是藏在那"一时"下边，在最开始，连他自己都没发现的认真。

那种心情很难形容，宋辞也不是第一次对人有好感，却是在这一次才发现，以前的或许都不算什么，因为只有这一次，让他决定不想放手。

像是习惯，宋辞拿出手机开始刷微博。是啊，他其实带了手机，但不知道为什么，出于一种不太想说的想法，他在她面前扮了一下落魄，假装什么都没有带。不过也还好他假装什么都没有带，不然，估计他也不会躺在这儿了。

啧，他现在甚至会为了留下而撒谎骗她。他也不是不懂得争取的。

这么一刷，他就刷到了咩上一分钟之前发出的微博。

——听到一个消息，好微妙的感觉，按道理是应该……但又没有……为什么呢？

宋辞一顿，像是从她那条微博里读出了什么：不开心？

很快那边就有了回复。

——也不是，就是感觉有点奇怪。

宋辞果断地转到了私聊窗口。

——怎么了？

夏杨靠在靠枕上，左拥右抱着小玩偶，手里拽着手机，看起来有些迷茫。

她其实没有真正意义上喜欢过谁，所以，真要说起来，应该也只能数出一个时旭。也许只是暗恋，但到底是从大一开始的，就算一开始分不清楚，到了现在，怎么也不该闹不清了吧？

夏杨想了很久，却是越想越不确定，自己是真的喜欢他，还是自以为的。说不清楚，如果是真的，那会是一见钟情还是相处久了之后慢慢产生的感觉，也说不清楚自己对他到底有多喜欢。只是习惯性的，要说起喜欢的人，她还是会第一反应想到他。

可就是这样，在刚刚听见梁缇柳的消息之后，她居然除了一开始的惊讶，也没有什么别的感觉了，连心塞和发堵都没有。

这是面对喜欢的人变成好朋友的男朋友之后应该有的心情吗？虽然她三观比较正，不会出现什么狗血的黑化，但什么感觉都没有，这种情况真的正常吗？

或者，难道真的像当初她借着讲故事说给梁缇柳她的想法，得到的评价那样，也许，她的喜欢只是她以为的喜欢，是长久的寂寞，让她将某些期待投映在了他的身上，而事实上，她其实并没有真正在喜欢他吗？

想到这里，夏杨忽然就迷茫了起来。但如果这样，那自己曾经对时旭有过的那些心情……

——怎么？睡着了吗？

私聊的对话框里，又弹出来一条新的信息。

夏杨连忙打字：没有没有，就是在想一些事情。

——什么？

如果是在干脆利落的人看来，也许她的纠结和疑惑，都是矫情吧。喜欢就是喜欢，无感就是无感，就算有个迷茫的时期，认清楚就好了，哪来的那么多弯弯绕绕七七八八？

可夏杨从来就不是那样干脆利落的人啊。

哪怕是一件小事，她都会想很久，明知没有必要，她就是会想，控制不住地会去想。是啊，哪怕一件小事，都是如此，更何况是喜欢了这么久的人，自己认定了这么久的一份感情？

隔着屏幕，对着熟悉却不认识的人，好像很多话都更容易说出口。

夏杨沉默片刻回：大大，我有一个喜欢的人，或者说，我一直觉得，自己应该是喜欢那个人的……

一字一顿，夏杨把自己的心事敲敲打打，码出一长段话。那些里边，有讲述，有心情，但更多的是重复的废话，没有排列没有精简，需要耐心地去看，才能挑出重点。

其实，作为一个小写手，哪怕平时不善言辞、不会表达，但文字上边却不应如此。像是夏杨这种对文字有一些强迫症的人而言，哪怕打字也是细细碎碎的讲述，这是心慌最明显的证明。

那段话发过去之后，十一许久没回，可那条私信的状态分明是"已读"。

又过了一阵子，夏杨挠挠头，忽然有些反应过来了似的，看到自己发过去的那些话，莫名有些害羞。

对着屏幕挣扎了好一会儿，夏杨开始转移话题：对了，大大，你是从什么时候开始接触广播剧的？

——高二。

——你呢?

夏杨:我?我是大一才开始听这个的,感觉大大好厉害啊,戏感那么棒,声音那么好听,情绪也总是能让人带入……

——谢谢。那你是什么时候开始写文的?

夏杨:啊……我写文,也是高二开始的。

——哦?那这么说起来,你也很棒。

看到这句话,夏杨忽然有些沮丧,哪怕知道十一是在鼓励她。

于是,她弱弱敲下一句:可是,一直到现在也没有被什么人看见。

发送之后,她又补充道:其实我只把这个当爱好,并没有想红的意思,也没想过要造成多大的影响力。只是,一直单机,一直没人看见,真的是很难过的。记得那个时候,我的书评区一个留言都没有,难得冒出来一个,却是挑刺……可就算这样,我也不想把那个评论拉黑删掉。不然,就真的一个人都没有了。

躺在沙发上的宋辞,在看到这句话的时候,忽然有些心疼。

他进入广播剧圈也是从零开始,或者说,每一个人融入一个新的圈子,都是从零开始。只是,有的人比较幸运,开头就能够得到一些肯定,而大多数人,不知要熬过多少不被人知道的日子,一个人撑着。很多人撑着撑着就撑不下去了,无关其他,只是那种寂寞的感觉实在难受。

宋辞属于幸运的那一类，他在这上边有天赋，又肯学，加上与生俱来的运气，经过一小段时间就已经成了网配圈里小有名气的CV，可这并不代表他不能理解那种一个人的孤独感。

——也不是没有想过放弃，然而对于喜欢的事情，放弃总比坚持更加让人为难。不过现在好一些了，大大，我和你说，最近我认识了一个小伙伴，她叫云深……

不自觉挑了一下眉头，但在挑完，他又皱了皱。

宋辞回得认真：你的故事我看过，很好，不止那个云深，以后一定还会有更多人喜欢。

接着又扯回最开始的话题：我觉得你那个朋友说得有点道理，也许你真的不喜欢他，只是长久下来，最开始的错觉加上后来习惯生出的误会，让你以为自己喜欢他。

——真的是这样吗……

宋辞满脸正直：你身边有没有别的关系比较好的异性？你想一想，做个对比。

——要说的话，身边没有什么太熟悉的异性……啊，还有一个学长，但那只是学长啊。

宋辞略作沉吟：不如，你就拿这个比一比？

——嗯，我不知道自己是什么感觉，不如我说出来，大大你帮我看一下好不好？

在看见这句话的时候，宋辞莫名有一种捡到什么东西的感觉。

他笑笑,回复:好。

6.

第二天早晨,夏杨睡醒,有些迷迷糊糊的,起来就想往厕所走,却不想脚踝一疼,差点儿扑了下去。她飞快地扶住墙壁稳住身子,一个激灵,立刻清醒。

对哦,昨天不小心又给扭到脚了……

她捶了捶头,小心地单脚往外跳去,只是,刚刚跳到洗手间门口,原本关着的门忽然被人由内拉开,而她顺着惯性没停住,就这样撞进那人的怀里。

抬头,眼前是一张因为距离太近而被放大的脸,夏杨的心脏漏跳了一拍,不知道想到了什么,下意识就想往后退。可是扶在她后腰上的手臂却紧了紧,将她更深地带进他的怀里。

夏杨低呼一声,抵住他的肩膀往后倚,却一不留神撞进了一双眼睛。那双眼睛里边,带着些许无奈,而在无奈之外是淡得捕捉不到的宠溺。

"小心,昨天才扭到的,想加重它的伤吗?"

宋辞的声音有些低,大概是因为刚刚醒来,还带着几分沙哑,夏杨低着头,手心贴着的地方传来一阵温热,额头上有很轻的气息传来。她忽然就觉得,这样的学长,好像有些……性感?只是,这两个字刚刚冒出来就被夏杨心底的小人一棍子拍下去,满脸的懊恼。

她都在想些什么啊？

"嗯，刚刚没有注意，谢谢学长……"

"没什么。"

说完之后，他放开她，而夏杨扶着门框站好，错过了他脸上一闪而过的笑意。

宋辞稍微退后几步，减轻某只容易害羞的小蠢羊的压迫感，温柔问道："你要用洗手间？"

昨晚上十一大大的那些话蹿进脑子里，搅得她的心更乱了几分，悄悄地做了个深呼吸，夏杨强迫自己冷静下来，维持表面上的镇定。

"没有，不是，我走错了。"

"走错了？"

她脑子一抽："对啊，我打算喝水来着。"

宋辞："……"

说完，夏杨一瘸一拐地走进洗手间，接下来一连串刷牙洗脸之类的动作完成得机械却快速。除了在用冷水拍脸的时候不小心被冷水刺激了一下之外，看起来并没有任何异常。

只是，在她走出来之后，好不容易被冷水刺激清醒的神智，不小心又冒着青烟飞走了。

外边宋辞拿着温水在等她，见她出来，"喏"了一声，把杯子塞进她的手里。

"早餐你要喝什么？牛奶还是豆浆？"

这种感觉其实有些奇怪，放假回家发现父上母上没在，习惯性做好自己死宅将就过的准备，却忽然有一天，早上起来，身边多了一个人。这个人帮你料理你的生活，会照顾你，在你准备饿着肚子挨到中午点外卖的时候，他出现，笑着问你，早餐想喝牛奶还是豆浆。

如果没有对比，夏杨不会觉得自己一个人在房间待一天会有多无聊，身为宅女，假期都是这么过的。但因为有了这样一幕，再回想起以前，她陡然觉得，曾经的那些时候，自己真是可怜巴巴的。

"看你表情这么勉强，你该不会是不想吃早饭吧？"

宋辞压着嘴角刮了一下她的鼻子，其实这是亲密的人才会做出来的亲昵动作，夏杨却并不觉得有什么不对劲，只是摸了摸自己的耳朵。

"嗯，豆浆。"夏杨放下手，"谢谢学长。"

"不客气。"

宋辞扶着她走向餐桌，上边摆着一杯牛奶，一杯豆浆，他把其中一杯推到她的面前："试试看，有没有凉。"

"没有。"夏杨回得干脆。

宋辞失笑："你不是还没喝吗？"

Chapter.9

和十一大大面基？！

1.

最近的日子，夏杨觉得自己整个人都不好了。

这种不好，在面对宋辞的时候尤甚。

其实，她这次的扭伤并不严重，不到一星期就好得差不多了，而宋辞也在她摔伤的第二天找了开锁公司回家。只是，在那之后的每一天，他都会过来帮她收拾东西和照顾她。

就像现在。

厨房门是半透明的玻璃，虽然看不清楚里边，却也能隐隐约约看见一个轮廓。餐桌前面，夏杨捧着脸盯着宋辞的背影发呆。这几天，大多数时候，她都和宋辞待在一起，而晚上，十一大大总会准点来找她聊天，聊的话题，大多是关于她的那位"学长"。

可不知道为什么，和说起时旭的时候不同，十一大大会从各方面来和她认证，说她对时旭也许不是喜欢，或者，就算是，但现在这种情况也不建议她多想。而在转为宋辞的时候，他却会各种举例，说这样的人感觉很适合她，可以试一试。

——可是十一大大，你怎么就这么确定呢？

在看到那些话的时候，夏杨有些疑惑。

那边停顿很久，最终回复：站在一个男人的立场来推断，这是我得出的结论。其实听你的意思，你并不是对那个学长完全无感的，既然这样，为什么不试一试？

——这样不太好吧……我现在连自己的心意都理不清，在这样的基础上，用"试一试"来开始一段感情，好像不是很负责。

十一：开始一段感情？

夏杨一愣：嗯？不然大大说的是什么？

十一：我的意思只是让你放开现在的心结，去尝试着把所有的小心思丢掉，试着去发现身边其他的人。比如你那个学长。咩上，你不觉得有的时候想得太多反而没有用吗？不止没用，还会很累的。

对啊，有时候，想得太多是很累的。

夏杨一边揉脸一边继续发呆，直到宋辞戴着隔热手套，把一盘盘菜端到她的面前。

话说，第一次知道宋辞会做菜的时候，她还小小惊讶了一下，而那份惊讶，在吃完之后，很快就转变为星星眼膜拜模式了。并且，那个模式像是被绑定了一样，之后每回宋辞端上菜来，她都会自动启动这个模式。

荤素搭配得益，色香味也俱全，今天的菜看起来也好好吃的样子啊……

注意力一下子被桌上的餐盘给吸引过去，夏杨吞着口水望向宋辞："学长辛苦了。"

而对方揉揉她的头，声音很轻："没什么。"

"那个，学长。"对着厨房里洗着锅子的宋辞，夏杨始终有些不好意思，好好的一个假期，人家天天跑过来照顾她，还帮她做饭什么的，说出来都让人不敢置信，"这段时间都挺麻烦你的，不然，哪天我请你吃饭吧？"

虽然外边不一定有你做得这么好吃就对了。夏杨在心底默默补上一句。

"不麻烦。"宋辞的声音从厨房里传来，和着水声，倒是听不出情绪，"我以前有过养宠物的经验。"

"哦……嗯？"

好像有哪里不对的样子。

宋辞整理完厨房，走出来，坐在夏杨对面："说了不用等我，饿了先吃就是。"

"我不饿。"夏杨摇摇头，看到宋辞夹菜之后才欢快地端起碗来，"学长，你真的好厉害啊，什么都会，菜也做得这么好吃。"她满足地嚼了嚼,"不如,学长你教我做菜好不好?"

"好啊,慢点儿吃……"宋辞说着,停顿得很突然,他硬生生把后面几乎就要跟出来的那句"我教你"改成了,"我在这儿,你问我就好。"

也许潜意识里,他不想教她去做这些,也不希望她那么快学会。他的小蠢羊保持现状就很好,不需要学会什么东西,他喜欢她的依赖,也愿意让她这么依赖一辈子。

可说是这么说,夏杨喜欢逃避又反应迟钝这件事情他是知道的,有些事情,如果不点破,也许再久她也意识不到。徐徐图之只是四个字,他却需要一直控制自己,鬼知道他是怎么忍下来的。不过还好,现在也到时候了。

或许,有些事情,也是时候让她知道。

"对了。"宋辞像是忽然想到什么,"我明天有点事情,大概不能来这里,你自己好好吃饭,走路的时候小心一点。"

夏杨蒙了一下,刚想问他为什么,却一下子反应了过来,收回了疑问。学长到这里照顾她,本来也不是天经地义,人家帮了她这么久已经很难得了,他也有自己的事情,什么时候走都是应该的,哪里有什么为什么。

只是,还是会有些好奇。

但好奇归好奇,小尿包也不是白叫的。翻来覆去想了很久,夏杨也没有问些什么,只是状似无意地笑笑:"嗯,我会注意的,这段时间麻烦学长了。"

说是这么说,可在宋辞眼里,原来白白软软欢欢喜喜的绵羊,她的耳朵却耷拉了下去,像是刚刚出生的小奶狗一样。

宋辞稍作停顿,不久又低下头去,面上看不出任何反应。

2.

吃完饭后,夏杨本来想收拾东西来着,宋辞却给她端出一盘切好的水果,接着极其自然收好了碗筷开始清洗,好像他就是这个家的主人之一,而夏杨,真的是他养在身边的一只小宠物。

收拾完之后,宋辞一如既往陪她坐着聊了会儿天,不久就离开了。

只是,在他离开之前,若有所思地问了她一句:"夏杨,你现在有喜欢的人吗?"

很直接的一个问题,半点儿委婉都不带,也正是因为这份直接,夏杨在听到的时候顿时手足无措,虽然心底抑制不住有些小激动,但她总怕是自己多想。夏杨实在是一个很胆小的人,她经常会抑制自己的想法,尤其是往期待的方面走的那些。她太不喜欢失望了。

良久,夏杨讷讷开口:"我不大清楚。"

看到女孩这样的反应,宋辞也不知道是想了些什么:"我知道了。"

你知道了?夏杨有些错愕地睁大了眼睛。可我自己都不知道的事情,学长你到底知道了些什么?

在心里比着小九九,夏杨这样想着,却什么也没问,只是看着宋辞如寻常般和她挥手,让她关门之后,自己才打开对面的门进去。

虽然宋辞只是回去了对面，但在猫眼里，看见他关上门的那瞬间，夏杨还是感觉有些怪怪的。不是因为他平时不回去，而是因为，只有今天，宋辞说明天他不会过来。

分明才这样相处一个多星期，但现在的夏杨却好像已经对他产生依赖了。

这样真是不好。

揉了几下小抱枕，夏杨蔫哒哒往回走，走着走着，又想起十一大大那句话。他说："如果你经常想起一个人，那么会不会有一种可能，你其实是喜欢那个人的，只是那个人是你觉得遥不可及的对象，所以不能确定自己的心意？"

当时的夏杨虽然愣了愣，但也反驳了。她就算脑子不机灵，也不至于接二连三分辨不清吧？可这时候，她忽然又对自己产生了怀疑。

会不会，十一大大说的是对的？

哎……等等……

夏杨走着走着，忽然停住。

她当初，是不是怀疑过十一大大和宋辞……

眼睛陡然睁大。这几天一直沉浸在自己的小世界里，纠结着感情方面的问题，那些复杂的东西完全占据了她的脑子，搅得她没有办法想别的东西，这个问题已经被她遗忘很久了。可今天忽然想到，再联系起十一大大的说辞，和宋辞这两天的行为……

夏杨不敢深想，却又不自觉弯起了嘴角。

如果她的推断真的是真的，那……等等，可那天宋辞来借工具的时候，身上什么东西都没有啊，但十一大大却是回复了她的私信的。

思及此，夏杨的嘴角一下子又耷拉下来。

手机在口袋里很轻微地振了一下，有些痒，打开，是可听的小策划发来的信息。

——咩上咩上，在吗在吗？我记得你是Z市的对不对？可听明天有一个大型的面基活动在这里，你要不要来啊？

经过那个广播剧的制作，夏杨和可听里的小伙伴们都混得很熟，平时挂YY有什么活动之类的，大家也都会来戳她。可即便如此，面基什么的，她其实也没有太大的热情。

或许对于一个把什么都分得清楚的人而言，要夏杨打破二三次元的壁垒，去见一些不算熟悉的陌生人，还是有些困难的。也许网上相处得自然，可现实里，她还是觉得有些奇怪。

——咦，不在吗？悄悄告诉你，十一大大明天也会来哦！

屏幕上那一行字亮在她的眼睛里，夏杨对着手机，耳边忽然又响起宋辞的声音——

"我明天有点事情，大概不能来这里，你自己好好吃饭，走路的时候小心一点。"

虽然一直告诉自己这些有可能都是巧合，不要多想不要做梦，可当她真的把所有的事情都串联起来，仔细想一想……再怎么样也不会有这么多的巧合吧？而那些巧合里边，没法解释的其他事情，却在这时候被她丢到脑外去了。

脑子里像是有什么东西炸开，而等夏杨再次回过神来，她已经回复了信息，先是"好啊好啊"，然后就是问地址。

奇异的是，在发呆没反应过来的时候，她这么问了，而现在反应过来了，她也并没有什么懊恼和后悔之类的感觉，反而默默加了个颜文字，心底生出些期待。

如果不是的话，能去见一见自己喜欢了这么久的男神，也是挺好的。虽然不喜欢把二三次元弄混，但男神到底是男神，十一大大总是例外的。而如果真的是……

如果真的是，那便太好了。无法言说的好。

无法言说，虽然她也说不出自己到底觉得哪里好，但就是好。

3.

从前看一些故事，夏杨虽然不理解故事里的人为什么会无端端因为一件小事，就满口的"你骗我你骗我""我不听我不听"。所以，她也特别不喜欢这种弯弯绕绕、带着欺瞒性质的东西。

可现在，类似的事情降临在自己身上，她却没有什么不满，反而从心底生出一阵庆幸。那阵庆幸来得太过强烈，前几天被压下去的侥幸，在这一刻尽数冒出来，长成密密麻麻的藤蔓，缠住她的神智，导致她无法正常思考。

夏杨甚至没来得及双标，没来得及为自己的双标找理由，没来得及说，也许宋辞也不知道她是咩上呢？毕竟隔着一层屏幕，就像她也不敢多想屏幕后坐着的是谁，也许事情就是这么巧呢？

可就算说了，也是自欺欺人吧。

知不知道什么的，看宋辞的表情就清楚了。如果真的不知道，怎么会弯着眼睛朝她望来，毫不意外地，用口型比出"来了"两个字？

但就算是这样，不得不承认，推开门的那瞬间，她看见坐在KTV包厢里的那个人，也还是什么都来不及想，只能怔怔念一句——

真的是他啊。

这阵庆幸来得莫名其妙，好像她已经喜欢了他很久一样，和当初对时旭的感觉完全不同。所以说，很多事情都是不能对比的，比如一个人宅在家里还是和某个人在一起，比如究竟哪一种心情才算是喜欢。

在此之前，她也认真思考过当初付出的感情到底算什么，可却没有费心神去探索过，而是随便想想就放弃了。这是第一次，她认真开始怀疑，曾经她对时旭的感觉是她的错觉。

"喂！"

肩膀被人重重拍了下，夏杨一惊，两只爪子握成小拳头放在胸前，飞速回头。

"梁缇柳？！"

"嘻嘻！"梁缇柳搭着她的肩膀走进去，关上包厢门，"在这里看见我，有没有很惊喜？"说着，她掐了掐夏杨的脸颊，"怎么？怎么这么惊讶？把下巴收回去，别掉了。"

夏杨"哦"了一下之后，呆呆愣愣拖住下巴往上一抬，牙齿磕出清脆的一声，在没有音乐声的包间里，这个声音真是特别明显。梁缇柳眉毛一抽，忽然觉得自己有点儿牙疼。

"所以你……"

"咩上大大，你还记得大明湖畔那个负责联系你的小策划吗？"

梁缇柳一下一下眨着眼，拼命冲夏杨卖萌，却不想被一只手无情推开。

夏杨满脸冷漠，想的不是，所以梁缇柳就是软妹倒拔垂杨柳这个问题，而是忽然发现，这个世界好像除了自己，大家其实都是认识的，并且知道一些内情。这种感觉，在她看见邵梓琛和李幕渊的时候尤其强烈。

到底是一个系的，他们又经常和宋辞走在一起，就算以前没有注意过，认识宋辞之后，也该注意到了。

之后陆续有不认识的人走进来，三三两两，大家或许在现实生活里没见过，但二次元里可是亲友关系，又多是自来熟，不一会儿就闹腾起来。

期间也有人过来调戏夏杨，说她看起来软软萌萌，比起梁缇柳这个金刚芭比铁血真汉子,还是她比较好捏。但夏杨不太擅长与人交流,只是笑,梁缇柳又已经闹到了另外一团,根本不靠谱。不过,她很快就被某个人护在背后。

"生气了?"

也不知道是什么特殊磁场,这一边很快就只剩下他们两个人。

宋辞递过去一瓶饮料:"还是觉得意外?"

"生气?"夏杨接过饮料,满脸的迷茫,像是真的不解,"为什么生气?"很快又想到他的意思,"没有啊。其实,我有这么猜过,原本也想问问学长,只是几次都没有问出来。不过,就算是这样,也真的还是有些意外。"

"嗯。"

宋辞安安静静地坐在她的身侧,和旁边的喧嚣各种不搭,却并没有游离在外的感觉,反而很是贴合。这样一个人,世外红尘,似乎不管放在哪里,都不违和,却也都最独特。

"我从很久以前,就知道夏杨是咩上。"像是知道她在想什么,宋辞淡淡开口,"在你第一次扭伤脚的时候,我就知道了。"

"嗯?"

"还记得前几天你问我关于感情方面的事吗?其实我在故意引导你,但你好像很迟钝,很多事情,我不彻底点破,你就想不清楚。我昨天本来想和你说的,却不知道怎么表达,也是在准备说的时候,忽然对自己产生了怀疑,如果你不是迟钝呢?如果是我想得太多、太自信呢?于是想着,干脆推到今天吧,还能让自己多一点思考的时间。"

从宋辞的话里,夏杨接收到一些什么信号,一时间心如擂鼓,第一次没有因为害羞或者怯懦移开眼睛,而是紧紧盯着宋辞。在来之前,她做过很多预想,"十一就是宋辞"这个猜测远远多于"不是"。而在这个基础上,她也胡乱衍生出来许多其他东西。

比如,如果真是这样,那么十一大大从一开始对自己的"特别关照",是不是也代表着其他的意思?比如,自己每一次需要帮助的时候,学长都刚好在她身边,是不是代表他其实也很在意她?再比如,如果一切的假设都成真,那么,就不是她自作多情吧?

会这么想,会想这么多,是因为这是她所希望的。

宋辞微作停顿:"其实,如果你刚刚进来,看见我的时候,不是那样的表情,这些话也许我就不会说了。"

虽然宋辞是真的有在分析,也是真的觉得,也许夏杨并不喜欢时旭,可事实如何,其实他自己并不清楚。

就算他听了很多她的想法,但心意却不是言语所能轻易传达的,便如他所说的,他能够感觉到夏杨对自己不一样,可谁知道这份不一样是怎么回事?说不定她只是因为他的声音呢,说不定她只是感激他帮过她呢?宋辞善于分析,这一次却怎么都摸不准。

他也知道那样的引导不道义,感情并不是刻意拿来做比较的东西,可他还是这么做了。

既然时旭已经有了梁缇柳,他想,哪怕是乘虚而入,他也想在这时候行动,和他那只粗神经的小蠢羊表白。从前,宋辞听过很多类似的话,说只要喜欢的那个人开心就好,在哪里都没有关系。可他大概小气,喜欢的那个人,如果身边不是他的话,他怎么都不放心。

"刚刚?我是什么表情?"

"看起来有些意外,却没有不开心,没有排斥,很可爱。"宋辞眨眨眼,"或许,我猜对了?"

猜对了什么的,这是一句不完整的话,什么都没有说清,两个人却心照不宣。

"学长,你这是在表白吗?"

"嗯。"宋辞应了一声,之后又补充一句,"是。"

两次的回答都是一个字,可这两个字里所带着的感情却并不像言语那样轻。在得到答案的同时,夏杨既觉得突然,又觉得顺理成章,虽然一时没有准备,但心底的感觉骗不了人。

想想,似乎还有些小激动呢。

"你可以仔细想想,我不着急。"宋辞顿了一会儿,三二一都没数到,"现在想好了吗?"

夏杨:"不是说,不着急吗?"

"那是句客套话,你不要信。"

夏小杨有多爱躲，宋辞不是不知道，好不容易看到她出现了松动，这时候，如果他不抓住机会，也许她又要退回洞里把自己藏起来，到时候，说再多都已经无济于事。在心底肯定了一下自己，宋辞越发感觉，还是先把人拐到自己这边，再消除她的顾虑比较好。

"那……"

夏杨刚刚准备回答，却在这个时候，梁缇柳忽然站在桌子的另一段朝他们摆手："老大、夏杨，过来玩游戏吗？"

虽然下一刻就接收到了宋辞的眼刀攻击，但气氛被这样一破坏，就算装作什么都没有回到刚才的话题，也不是那个味道。对此，夏杨欲哭无泪。

大概她的出厂设定是百分百关键时刻被打断吧。

却还是挣扎了一下，凑近宋辞，夏杨小声说："好。"

4.

苍天明鉴，梁缇柳绝对是好心。

他们原本是想留给那边一块小空间的，奈何每次侧目，宋辞和夏杨之间，都让人觉得气氛十分诡异，再加上夏杨一脸不自在的样子……

梁缇柳思考了一阵，觉得是不是宋辞弄得蠢萌室友不知道怎么反应了？虽然她也想做红娘，也觉得老大是真的很不错、很适合，但夏小杨这种蜗牛体质，完全逼不得，而宋辞又是十指交握，一副严肃认真的样子，单是看着都有一种压迫感。

当时她的心里就咯噔一下。老大不会这么不沉稳吧？

也是因为这样，她想了许久，最终决定先缓和一下他们之间的气氛，才朝那边招手的。虽然，在下一刻，她就后悔了。因为她从两个人的互动里看出来一个问题，那就是，刚刚的自己简直是瞎操心。

还没来得及在心里哭唧唧抹眼泪，梁缇柳就接收到宋辞的眼神信号，示意她看手机。

怀揣着无限惶恐，梁缇柳几乎是把手机捧出来的，然后，那原本不安的眼神在看到屏幕上的内容时，忽然一亮。

套路啊！屏幕上那几排字，字里行间，满满的都是套路啊。

说好的不善争取不懂感情没谈过恋爱呢？这……咳，老大看起来明明很懂。

梁缇柳笑着回复：老大，我以前一直以为你是一个正直的人，还因为这个担心了好久，毕竟太正直是追不到女孩子的。但现在，看到你这么流氓，我也就放心了。

宋辞微微沉默片刻。

——所以对于刚刚的事情，你是不是该补偿我一点什么？

梁缇柳快速扫过上面一段话：老大尽管放心！我会照做的！

看完这句保证之后，宋辞若无其事把手机收起来，朝着梁缇柳微微点了点头，而梁缇柳也是满脸沉稳，一副"誓不辱命"的样子，两个人完成了一次无声的交流，感觉像是取得了革命上的胜利。

可是这边才接完头，革命里就出现了叛徒。梁缇柳略作思考之后，转着眼珠截了个图，发到了"关爱空巢老大"的群组里。虽然大家都在打闹，但看手机的也有几个，传播速度太快，一时间，包厢里的小伙伴们都在用暧昧眼神打量着坐在一起的两个人。

一时间，周围的气氛一片粉红。

夏杨其实觉得有些奇怪，可不论是身边的人还是梁缇柳，没有一个人愿意回答她，只是用一种迷之目光扫了她两眼，尤其是梁缇柳，眼里的笑意明晃晃的，掩都掩不住。

嘻嘻，到底是第一次做这样"算计人"的事情，想想还有些小兴奋呢。

"不是说玩游戏吗？"几个人相互推搡，最后还是李慕渊站出来，"现在人都齐了就不要有两人的小团体了，快快快，都来加入！"

说完之后，他还"嘿嘿"笑了两声，从里到外透着一股不怀好意的心思。

"学长，你有没有觉得哪里不对？"

宋辞闻言几乎想要捂脸，什么叫作猪队友，这就是了。但事实上，他只能一本正经地胡说八道："或许只是因为大家难得碰个面，比较高兴，所以抽了，你不要想太多。"说完之后，又补充一句，"其实他们平时也不正常，习惯就好。"

那边的李慕渊没有听到，只是一个人蹦着蹦着，像是打了鸡血，期间视线不住地往他们这边扫,还是邵梓琛拼命拉住他才没有暴露。

"你们打算玩什么?"

宋辞像是随口问道,然后大家特别配合,一水儿都在起哄,说"真心话大冒险"。分明是欢闹的气氛,可坐在原地的夏杨,怎么看怎么觉得这里边有猫腻。

"学长,我总觉得哪里不对劲,不然我们不要玩了好不好?"

宋辞想了想:"放心,有我在,他们不会欺负你。不然我们先来几盘,等会儿如果你实在不想玩了,我们就先走。"

"走?"

"看得出来,你在这里有些不自在。"宋辞说,"更何况,这里的人确实有点多,怎么看都不适合约会。"

他说得正经又自然,那样的语气,给人感觉就像是在谈论天气。可是夏杨的脸上一热,本来因为"约会"两个字而生出的怔忪,在过去之后,她的心里又变得有点甜。

"好。"

后来的夏杨回想起来,总觉得那两天过得有点不真实,像是在某种程度上被按了快进。前一天还是学长,就算有一丢丢的小想法,也没想过第二天就会在一起,可就在二十四小时之后,他们居然开始约会了。

而且,学长真的是她的男神十一,十一大大以前在微博和YY上的偏袒和维护，真的不是她的错觉。这样的进展，实在是让人有些晕乎，可这样的晕乎很舒服，让人不想清醒，哪怕像是夏杨这样总喜欢多想的性格，也舍不得花太多时间来考虑。

如果说心里已经有了答案，为什么还要浪费其余的时间在无谓的思考上？有那种工夫，还不如快些答应，好好抓紧。和喜欢的人在一起，这样好的感觉，一分一秒也不该拖延。

也许很多事情都求仔细，但并不是快就不好，也不是慢就稳妥，碰上了就是碰上了，哪有那么多七七八八的说法想法？从古至今，爱情都是盲目的，那么，在无关原则的问题上，盲目这一次，也说得过去。

更何况，夏杨觉得这个进展太快，宋辞却说自己已经等了许久，并不算快。

嗯，大抵真是如此，每个人的感觉本来就是不同的。

时间一直在向前走着，被闲闲略过的时候或许不觉得，在忙碌的时候也不觉得，但如果在某个时刻，要发生些让你印象深刻的事情，你就会惦念许久，很多平凡的日子都是因为这样的原因而变得特殊。

也许宋辞做了很长时间的准备和计划，而夏杨却是开窍、认清、接受，排在了一条直线上。这样下来，再加上她习惯了平时的节奏，觉得一整天都宅在家里无所事事才算正常，难免会觉得那两天里的事情拥挤。

但就算是拥挤，也很开心。

毕竟被暖意填满心扉的感觉实在是太新鲜了，这种感觉不同于亲情友情，而是另外一种带着和煦的涓涓暖意，这样的感觉，来得再突然也只会让人觉得欣喜。

5.

这个世界上有许多没办法解释的事情,其中之一,就是女人的直觉。有些时候,第六感这东西还是很准的。

比如,夏杨觉得大家最近好像都有些不对劲。

抱着这种不对劲的感觉,夏杨其实不想参与进去,总觉得要发生什么事情,可耐不住大家的热情,还是默默加入了进来。然而,当夏杨输到第六盘的时候,她森森扫了众人一眼。

"你们是不是一伙的?是不是作弊了?"

梁缇柳猛然一颤:"没有啊,夏杨你怎么可以这样怀疑我们?"接着凑到她的牌面那儿去看,宽慰似的拍拍她肩膀,"呀,难怪你会这么说……又输了啊?不过,人呢,点儿背不能怨社会,知道不?"

夏杨下意识地转向宋辞,然而对方只是耸一耸肩:"不然,不要玩了?"

梁缇柳闻言一滞,却还是条件反射性地给老大打掩护。倒是躲在邵梓琛身后的李幕渊翻了个白眼,满脸的"再装再装你再装",也不知道上上轮惩罚的时候,是谁偷偷地给梁缇柳发信息,说那个大冒险,夏杨凑近他的时候是拿手指抵住他的唇,他根本就没亲到,所以让他们联合起来再坑她一轮的。

老十一这白脸唱得,啧啧啧,不知道的还以为他真有多无辜呢。

与此同时,"关爱空巢老大"那个群组里又多了一张截图,有人存下了所有的截图,上传到群相册,相册的名字叫"不可描述",里边的图片不显山不露水也不出现在当事人面前,仅供内部人员消遣,深藏功与名。

腹诽归腹诽,李慕渊面上还是带着笑的。

他挑挑眉,忽然想到什么,一下子从邵梓琛背后蹿出来:"对了!这位可爱的小学妹,按照规矩,连输五把的话,真心话还是大冒险的选择权呢,它已经易主到我们手上了哦。"

虽然不知道李慕渊这是在玩什么,但大家都心照不宣,一个眼神就能明白对方的意思,也就没有多说。或者,换句话说,呵呵,都是一群看热闹不嫌事大的。

只有宋辞,眼里闪过一丝不明意味,倒不是因为李慕渊忽然跳出来的那一句话,而是……

可爱的小学妹?这个称呼,以后得记得提醒他改一改。

夏杨一愣,信以为真:"哎?"

"那么,接下来就由我来公布惩罚了!"李慕渊一拍桌子站起来,但在一声巨响后,他很快又失了拍桌的豪气,转而捂着手掌蹲下身子倒吸气,"好疼、疼、疼疼疼……"

夏杨本来还有些紧张的,却在看见李慕渊鼓着腮帮子吹手心的时候失笑出声，满脸关心："学长，你没事吧？"

邵梓琛也摇摇头，把人从地上拎起来，帮他看了看手心。果然那里通红一片，也不知道这个人什么时候能改了这样冒失的性子。

"没事，不就碰了一下嘛，"李慕渊咬着牙，"我要公布惩罚了！"

"不拍桌子了？"邵梓琛很不厚道地问。引来大家一片哄笑。其中梁缇柳的笑声格外轰动，像是带了扩音效果，能把整个包厢都给震出共鸣声。

李慕渊瞪他一眼，却在接触到对方含笑的眉眼之后别别扭扭转开头，哼了一声。

"所以，惩罚是……"他卖了个关子，慢悠悠喝一口水，"小学妹，选择在场的任意一位异性，来个亲密接触呗！"

"那我选你行吗？"

夏杨都没过脑子，顺口就蹦出这句话，让原本扬着唇的宋辞瞬间有些崩坏，连带着李慕渊也呛了口水，咳个不停，还是邵梓琛一个劲儿帮他拍着背才把气顺下去。

于是，整个包厢里瞬间变得喜气洋洋，每个人都笑得一脸智障。

在这片欢乐的海洋里，唯独李慕渊用小眼神使劲儿和宋辞做着无声控诉，这么软软萌萌的一个小学妹，怎么才和某个人待了几天就变坏了呢？这不科学！

接收到李慕渊的信号，宋辞放下手中把玩着的饮料瓶，整理了一下衣领，站起身来。在夏杨还没收回脸上笑意的时候，他已经停在她面前。

"不行。"

"什么不行……"

夏杨还没把话问完，宋辞已经扣住她的腰身，倾身向前，在她的额角印了一下，一触即分。分明只是温软又清浅的一碰，却让她忽然噤了声，呼吸停滞了一瞬，整个人也都酥酥麻麻起来，连周围起哄的声音都听不见了。

"我说，你选他，不行。"宋辞朝着夏杨俯过去，几乎贴上她的鼻尖，"知道了吗？"

夏杨在那双眼睛里看见自己的脸，脑子里蓦然浮现出一句话。她忘记那是在哪里看见的，说的是"我的眼睛里，住着我的心上人，你要不要看一看"。

她从前一直觉得这句话很浪漫，于是把它记得牢牢的，想说给以后的那个人听。现在想想，那个人，好像就在眼前。

"学长，我好像在你的眼睛里看到了我。"她笑得很轻，带了些小小的羞涩，却还是亮着一双眼望着他，"你在我的眼睛里看见了什么吗？"

宋辞一时没有跟上她的思路："嗯？"

"偷偷告诉你，是我喜欢的人。"

从来不会表达，也不善于抒情的小蠢羊，这句话却说得自然而然，好像是从哪个地方飘出来的，借由她的声音，说给他听。

宋辞看起来没有什么反应，只是眼底，除了她的倒影，又住进几分笑意,浓得像是陈年的墨块,又稠又绵,泡在水里都化不开。

在这句话之前,他对她的心意其实不大确定。毕竟是刚刚确定的关系,中间还带着他的诱导,宋辞自己其实说不准,如果不是十一的那一些话,她还会不会是现在的反应,她的答案,又到底会是接受还是拒绝。

现在,他终于能够肯定。

也许十一对她说的那些分析,是带有自己的目的,但没准儿,阴错阳差说对了。

眼神是不会骗人的。

宋辞笑着摇头,无可奈何地叹了一声:"你啊……"

接着,他牵起人就往门外走:"刚刚的惩罚结束,我们还有些事情,先走了……"

"去哪儿啊?"李幕渊在后面探着脑袋喊。

宋辞回头,冷漠地丢下两个字:"约会。"

莫名其妙被塞了一嘴狗粮的李幕渊一脸懵逼,接着就开始各种小气愤地咬牙。好你个十一,小爷我这么帮你,你还这样虐我,还懂不懂得什么叫兄弟情了?!

李幕渊愤愤转向邵梓琛:"晚上回去我们把寝室反锁了,别让他进来!"

"现在是寒假。"邵梓琛回得淡定。

听见这句话,梁缇柳一脸天真地凑过来:"学长啊,我记得,你们寝室好像也只有三个人住，对吧？"

每回梁缇柳喊他学长都没好事，李幕渊一脸戒备："嗯，怎么了？"

梁缇柳歪着头眨眼，满脸都是内涵："没什么呀，我只是觉得，就算没放寒假，你把十一大大关在外边……"她说着，瞟一眼邵梓琛，"其实也是你比较危险吧？"

李幕渊再度一脸懵逼："为什么？"

"这个呀，不然你问一下勺子 sama？"

李幕渊听话地转向邵梓琛，两只眼睛都变成了问号。

而邵梓琛只是一脸淡定地扫了梁缇柳一眼，生生把她从李幕渊身边扫回自己的座位上，这才回答他："她的意思是，如果你把宋辞关在外边，他的怒火，你承担不起。"

"是这样吗？"

"不然呢？"邵梓琛继续淡定。

而不远处的梁缇柳却忽然觉得一阵发冷，光顾着为走了一个强效制冷空调开心，却忘记了这里还有一座和他差不离效果的冰山，人类的世界真的太复杂，好恐怖啊，可怕。

梁缇柳缩着脖子，开始变身继夏杨之后的第二代小尿包，实行不言不语不凑热闹政策，努力降低自己的存在感，以此来维护自己的人身安全。

Chapter.10
你不会约会？我教你
好了

1.

不知道是因为放飞了自己还是在此之前憋屈得太久，自从出了KTV之后，夏杨除了最开始一小点儿的不自在之外，一路上都在碎碎念，依然没有重点，还是一堆废话。

但是，能找到一个人听自己废话还不嫌烦，并且面带笑意望着她，这种感觉真好。

和在时旭面前不同，和以前面对宋辞的时候不同，和对待十一大大的那种忐忑也不同。时旭就不论了，但宋辞和十一这里，夏杨从前在面对他们的时候，其实是会有些小紧张的，哪怕是昨天，宋辞待在她家里的时候，她也没有现在这种感觉。

如果要在时间上画出分界线，昨天和今天，大概隔了一条江那么宽。今天之前，面对他的时候，她会不安，可现在她感觉很安心。那些安心是从心底生出来的，不是因为他的几句话。或者，哪怕只是他那几句话，她也信他。

嗯，有些时候，薄纱的确只是一层薄纱。
可隔与不隔，掀与不掀，却是天差地别。

夏杨走在人行道的里侧，宋辞虽然注意力全都放在她身上，却总能在有电动车开上人行道的时候扯住她，将她护在身边。而夏杨依旧是迟钝的夏杨，思路天马行空，话题跳得飞快。

"学长，所以你对我是一见钟情吗？"
宋辞想了想，点头："嗯。"
夏杨摸摸鼻子："其实学长看起来，不像是会对谁一见钟情的人，这种用什么方法都讲不通的东西，要安在学长身上，总觉得怪怪的。"
闻言，宋辞笑笑。
这个世界上有那么多讲不清的东西，这不过是其中最正常的一件。
喜欢就是喜欢，哪有什么因为所以？真要追究原因，也不过就是有天，我遇见你。
"小心车。"
在电动车从后开来的时候，宋辞又扯了她一把，之后也说不清是不放心还是怎么，想了想，他没有松开手，就这样牵着她走在了路上。

人行道两边的墙边，栽着倒垂下来的不知名植物，因为天气凉，少了绿色，那些枝枝蔓蔓却依旧缠绵交错。

"对了，学长。"不属于自己的温度通过手心阵阵传递过来，夏杨唇边的笑意，自从离开包厢，就没有淡下去过，"你说，我们要去约会？那我们现在是去哪里？"

总是胸有成竹的宋辞，万万没想到，他会败在这个问题上。

"我们现在，不就是在约会吗？"

夏杨脸上的笑意有那么一瞬间的僵硬。

"哈？"

作为一个虽然没吃过猪肉，却带领过群猪赛跑的少女，夏杨忽然发现一个问题。

"学长，你是不是不会约会？"在看到对方沉默之后微微颔首，夏杨差点儿没忍住笑出声来，"那我教你好了！"

宋辞任由她牵着他的手轻轻摇晃，做着外人看来有些幼稚的动作，脸上的笑意却始终未减，越发多了起来。

以前不觉得，可现在看来，能够在纷杂的世界里遇见她，盛夏时接过她递来的冰激凌，寒冷的天气里，握住她的手，哪怕不讲话，只这样晃晃悠悠在外面走着，也实在是件好事。

"我以前看电视的时候,其实想过。在那些故事里,两个人约会的方式都差不多,半点儿新意都没有,如果是我,我一定不要和他们一样。"

她挠挠耳朵:"好像很多女孩子都是这样吧?总希望自己是独特的,什么都是独特的。"

"你和她们不一样,和所有人都不一样。"

闻言,夏杨弯了眼睛:"学长也是。"说完之后,她放下摸耳朵的手,"可就是刚才,我忽然又觉得,那时候的自己真是想得太多了。什么普不普通,独不独特,很多时候其实没什么意义。只要是和喜欢的人在一起,哪怕是这样牵着手在街上乱逛,其实也很好。"

"所以,这就是你教我的?"

夏杨摇摇头:"其实,我是想和你去看电影来着。"

她说:"虽然这个桥段好像很普通,但我忽然很想知道,跟喜欢的人一起去看电影,和自己去看喜欢的电影,这之间的感觉,到底有什么差别。"

"嗯,你这么一说,我忽然也很想知道。"宋辞替她把碎发别到耳后,"那我们去看。"

2.

就像夏杨说的,哪怕是普通的小事,但自己做和两个人一起做,也会不一样。你喜欢的那个人,像是拥有超能力,能够化腐朽为神奇,能够化乏味为有趣。

只是,在选电影买票的时候,他们发生了一点小意外……

"想看这个?"

夏杨一边望着海报一边回答:"嗯!还没上映的时候就感兴趣了,一直没看过。"

"嗯,能出到第三部,想必前面的剧情还不错。"

"啊……应该吧,只是前面的几部,其实我也没看过。"

原以为她是一直追着这个系列,现在却听见她这样说,宋辞不禁有些疑惑:"你没有看过前面的吗?"

"嗯。"夏杨脱口而出,"但是时旭以前跟我强力推荐过,说这个很好看,单看或是连着都不影响,超级赞。"

时旭……

在夏杨这句话出口的那一秒钟,宋辞微顿,陡然间转了身。

"我听说那部也不错。"他指着另外一张海报,"口碑不错,评分也很高,看起来也很有趣的样子。不如我们看那个?"

"是吗?"夏杨顺着他指的方向看去,"那样的题材,以前都没看过……真的有趣吗?"

"嗯。而且这个到底是第三部,说是说不影响,但情节上一定会有一些关联,包括前面的剧情。不清楚剧情看这部电影的话,可能很多地方的精彩都体会不到。你说呢?"

夏杨像是被说服了，只是毕竟念了那么久，那部电影，她还是很想看的，于是挣扎了一下："可是……"

　　"就那个了。"宋辞单方面做了决定，在看见夏杨鼓起的脸颊时，轻轻捏了捏，用哄小孩的语气，"在这里等我，我去买票和爆米花。"

　　夏杨还是有些不甘心："可是你之前不也对那个感兴趣吗？为什么忽然要换……"

　　还没说完，便见原先已经走向售票口的人忽然折了回来，凑近自己，接着唇上一片温软，满满都是他的气息。他贴在她的嘴唇上轻轻摩挲，没有离开，嘴唇一张一合，就这么重复了一句："站在这儿，等我回来。"

　　夏杨想退后，却被人扣住了后脑勺，那是很强势霸道的姿势，却偏生让人觉得温柔。只是，嘴唇上有些痒。

　　"好……"

　　直到听见这个答案，宋辞才恋恋不舍退远了些，然后低着声音揉她的头："乖。"

　　在那个声音响起的一瞬间，夏杨已经连耳朵都热起来了。明明知道她是声控，还用这样的声音和语气跟她说话，这简直，简直就是犯规！

　　冲着他的背影皱了皱鼻子，什么电影什么换不换的，夏杨再没有放注意力在这上面。果然，宋辞转移注意力的方法真是很有用。

夏杨轻轻抬起手碰了碰自己的嘴唇，指尖却像是被什么东西烫到，才刚刚触到，立刻又放下了。

不过，之前都没有特别反应过来，却在刚才那一瞬间，夏杨才真的相信，她喜欢了那么久，在很长一段时间里，都要听着他的声音才能睡着的男神，真的就是宋辞。而且，她的男神，真的变成了她身边的人。

夏杨偷偷摸出手机，打开微博，敲下一句话，继而发送。

"刚刚在看什么？"

在抱着两个爆米花桶的同时，还能稳稳端着两杯可乐，唔，她的十一大大真厉害，做什么都厉害。

"没什么。"夏杨接过一杯可乐，笑得灿烂，像一颗小太阳，"我们进去吧，电影要开场了。"

宋辞也没有多问什么，只是用腾出来的那只手牵住了她。

与此同时，包厢里缩在角落刷微博的梁缇柳在下滑刷新的时候一下子睁大了眼睛——

咩上：没什么想说的，就是很开心，敲开心，不能更开心……一想到喜欢你，就很开心，词穷也开心。

天哪……这个世界已经被恋爱的酸臭味腐蚀了，只有我还散发着单身狗的清香。梁缇柳满脸嫌弃，但不一会儿又想起些什么。

不对啊，我也有男朋友啊！

一想到这儿，立即点开时旭的头像发过去一串颜表情，而那边秒回：今天玩得开心吗？
　　梁缇柳有些意外：回得这么快，在玩手机？
　　——不，在等你的信息。

3.

　　这是一部欢脱的电影，到处都是笑点，夏杨抱着爆米花桶笑得身体都在颤抖，声音又甜又脆，宋辞一转头，就能看见她。
　　顿时，心上像是被猫咪的肉垫轻轻挠过，柔软得不可思议。
　　只是，周围都是小孩子，有些吵闹，时不时还发出几声尖叫，实在有些破坏气氛。这样的氛围，难怪没有什么情侣选这一部。
　　不过，她看起来很喜欢。
　　这样也很好。
　　这时候，画面忽然安静，宋辞终于分了神往屏幕上一瞥，原来是进入了一个煽情的片段。与此同时，夏杨终于掏空了爆米花桶。
　　"吃完了？"宋辞语带笑意，"你很喜欢吃爆米花？"
　　夏杨把手搭在空桶里，看上去有些不甘心："也没有，就是觉得电影院里的爆米花真的比外面的好吃很多。"

　　宋辞微微一笑，把自己没怎么动过的爆米花全部倒进了她的桶里。安静的电影院里，一时全是倒爆米花的声音。

眼看着刚刚空掉的爆米花桶又满了起来，夏杨一怔，微微侧目就看到那个人低垂的眼。

"吃不完就给我。"宋辞说。

不过一句简单的陈述，却让夏杨有一种小鹿乱撞的感觉。作为一个被宠着长大的小姑娘，这句话并不是没有人对她说过，毕竟从小到大，父上母上吃饭的时候一直这么对她说，而她也挺习惯的。只是，在父母之外，宋辞是第一个对她说这句话的人。

不过想一想，好像在这么说之前，他就已经这么做过了。比如前几天吃饭的时候，夏杨不爱吃青菜，虽然被强迫着塞了几口，但几口之后，不管宋辞在她碗里堆多少，她都只是默默扒饭，假装看不见它们，只在他出声提醒的时候吃那么小小一根，兔子一样一点一点慢慢嚼。

几轮之后，宋辞终于放弃，从她的碗里挑走了那些青菜。

夏杨高高兴兴看见那些绿色移开，原以为他会丢掉的，却不想，宋辞放进了自己的碗里，没几口就吃掉了。当时她有出声提醒来着，总觉得这样的画面有哪里不对，宋辞却一副理应如此的样子，倒叫她不知道该怎么继续说下去。

可那些原来不解的问题，在这一刻，都有了答案。

那个答案，让她觉得比爆米花更加香甜。

蓦然间，夏杨想起来以前妈妈对她说过的一句话。

那是表姐被安排去相亲的时候，她当时看见表姐满脸的不情愿，于是晃着妈妈的手，问："如果我以后也不想找男朋友，你也会让我去相亲吗？"

"会。"

夏杨瘪瘪嘴："真的吗？"

而母上大人见状，一下子笑出来："逗你的！"继而认真道，"其实妈妈一直是这么想的，我希望，我只是这个世界上第二爱你、对你第二好的人。所以，你一定要等到最爱你的那个人。"

那个时候，妈妈握着她的手："虽然现在很多人都说'爱'这个字不现实，但现实的东西，大多数没有意思，我情愿你一直都不现实，也希望你可以永远都保持这个样子。哪怕什么都不会也没关系，反正总会有人来宠着你。那样的话，就算有一天，我和你爸走了，我们也能放心，因为我们知道，这个世界上，最爱你的那个人会一直陪着你。"

当时的夏杨埋进妈妈的怀里，像个没长大的小孩子，而妈妈拍着她的背，一下又一下。

"这样的人大概不那么好找，所以啊，我不着急，你也不用急。"

从过往的记忆里重新回到现实，夏杨望一眼手里的爆米花，再望一眼身边对她浅浅笑着的宋辞，忽然就有一种"找到了"的感觉。

这种感觉来得突兀，带点盲目，在外人看来，只是一瞬间的想法，丝毫不理智。

可不管过去未来，至少现在，她是真的确定。

就是他了。

4.

从电影院回到住处的路上,宋辞看似漫不经心地提起:"这部电影怎么样?"

"嗯,感觉超棒!"夏杨笑得满足。

"我也觉得不错。"宋辞扬唇,"感觉应该比那个第三部好看。"

第三部?夏杨想了想,对于宋辞为什么一直纠结着这个问题有些不解。只是,电光石火间,她闪过一个念头,眼睛里带了些狡黠,她故意说道:"这也不一定吧,那个电影的口碑也很好,而且我从很早以前,就一直想看来着,有机会的话,其实我还是想去看一看的……"

宋辞揉了揉太阳穴,低声说:"如果你真的那么想看,那我下次陪你去。"

而夏杨偷偷瞄他一眼,终于没忍住,一下子笑了出来。

"学长,你该不会是在吃醋吧?"

对着眼前笑意盈盈的人,宋辞心底的无奈越来越多了。他沉吟半晌,最后点头。

"嗯。"

不论如何,以前的夏杨总是把注意力放在时旭身上,在她还记不住他的时候,就是这个样子。宋辞自问不是个小气的人,也并不怎么喜欢纠结的事情,但这件事就像过不去一样,即便夏杨现在站在他的身边，每每想起那么一桩，他便还是有些在意。

毕竟那还是不久以前的事情，才不过几天的时间。

这样的感觉太过强烈，虽然也知道这些想法其实没什么用，平时也并不怎么容易想起来。但她这样不经意提及，他便会觉得有些别扭。

"噗……学长，你为什么这么可爱？"

宋辞抬眼："你故意的？"

"对啊！"夏杨承认得干脆又大方，"学长你介意吗？"

这时的他们已经走进了楼道里，声控灯早在她的笑音下亮起。只是奇怪，分明只是一盏灯，落在她的眼睛里边，却生生燃成了星星。他的影子，裹着星辰映在她黑色的眼瞳里，让人愿意这样看一辈子。

他握住她的手腕，一个旋身把她抵在了墙角。他斜斜扬了嘴角，双眸变得深邃。

"非常介意。"

在夏杨的眼里，宋辞从来都是一个温柔的人，不论什么时候都温润有礼，也总是细心体贴。只是，那是在她面前，而面对其他人的时候，他总是清疏冷淡，自带疏离感。

可那是平常，不是现在。

现在的宋辞，他一手握住夏杨的手腕，一手抵着她身后的墙面，由于逆着光的缘故，五官和表情都让人看不大清。然而，就算看不清，也让人不自觉心跳加速。

甚至，夏杨有一种看见了传说中恶魔的感觉。

他们都是这样诱拐人类的吗？如果是的话，也难怪能够这么成功。毕竟，这样的魅魔，应该没有几个人能够拒绝吧？

就在夏杨几乎要闭上眼睛，宋辞轻笑着就要低下头去的时候，楼梯口忽然传来一阵脚步声。与此同时，那传来的说话声，让夏杨一下子僵直了背脊。

"你说，这么晚了，小杨应该睡了吧？"

"她那种夜猫子不可能这么早睡，说不定还躲在被子里玩手机呢。"

察觉到夏杨的不对劲，宋辞微微退了一步："怎么了？"

夏杨的目光越过宋辞投向他的身后，跟傻了似的，好久才艰难地开口："我爸妈，他们好像回来了。"

宋辞一愣，很快牵着夏杨走出那个角落，果不其然，一回身就看见拖着箱子刚刚旅行回来的夏杨父母。往这边走来的人，看上去已经不年轻了，脸上的神采却是很多中年夫妇所没有的。虽然不认识，也未曾见过，可单单一看，就知道他们应该是一家人。

"小杨，你怎么这么晚还在外边？"

米色风衣、长直发，眉眼几乎和夏杨一模一样，只是比她更成熟些，这应该是夏杨的母亲了。宋辞这么想到，手心忽然有点儿出汗。

"我在外边看电影，刚刚回来。"

"哦。"夏杨的母亲点点头，转向宋辞，"这是你朋友？"

"嗯，这是……"夏杨想了想，对上宋辞分明紧张却努力保持着微笑的脸，莫名有一种他们之间的位置换了换的感觉。略作思考，她挽上他的手，"这是我男朋友！"

随着夏杨那句话出口，宋辞一顿，转头，大概是没有想到她会这么干脆承认，于是满脸意外。刚刚那只带着点小坏的恶魔像是一下子缩回了襁褓里，成了小小只、不懂世界邪恶的孩子。

夏杨的父母好久没有说话，宋辞抿了抿唇。

"叔叔阿姨好，初次见面，我叫宋辞。"

"宋辞啊。"还是夏杨的母亲先开了口，顺便推了满脸不高兴的老公一把，"我说你从一开始就杵在这儿，一句话都不说，这是干吗？"

夏杨父亲的表情由伐开心转变成不开心Plus。原以为自己家水灵灵的小白菜还在院子里好好待着，没想到出去一趟就发现被拱了，没有一点点防备也没有一点点准备，这种感觉，真是让人头大。

"叔叔好。"宋辞轻一点头。

夏杨的父亲异常冷漠，眉宇间自带威严："嗯。"却在被自己老婆暗暗掐了一把之后，被迫开口多说了几个字，"现在时间也不早了，你先回去吧。"

"嗯，好的。"宋辞转向夏杨，偷偷在她的手指上捏了一下，"那我先回去了。"

在看见他的小蠢羊乖巧点头之后,他才又转回来:"我现在就住在隔壁,如果叔叔阿姨有什么事情……"

"慢走。"夏杨的父亲这句话说得快了一点,一个不小心就打断了宋辞的话,惹来家里女眷不满的眼神。

但也不想多想了。

在看见宋辞的小动作之后,夏杨的父亲悄悄哼了一声,眼神锁定夏杨:"跟我回家说清楚。"

虽然他看起来很严肃,但不管是老婆大人还是自己女儿,都并不怕他的样子,挽着手就开了门进屋,只剩他一个人拎着大包小包站在外边,好不容易攒出来的威严根本用不上。夏杨父亲一把捂住自己的心脏,感觉并不能愉快玩耍。

而当夏杨父亲把东西全部搬进来的时候,家里的女眷已经进房间了,也不知道关着门在聊什么,焦急得恨不得抓心挠肺。

然而,他还是不死心地敲了敲门:"你们在聊刚刚那个拱白菜的吗?"

夏杨&夏杨的母亲:"……"

门外那个不死心:"我也要参与!"

"在外边等着。"夏杨的母亲一边享受着女儿给修指甲,一边对门外喊,"你不是说累吗?还一身汗的……先去洗一洗,等我出来和你说。"

夏杨继续修着指甲。

"那个宋辞长得还挺好看的,看起来也干净,如果我年轻一点儿,估计也会喜欢这样的。"夏杨的母亲漫不经心道,"所以,这个没什么好说的。"略作停顿,"你觉得他对你怎么样?"

收好指甲剪,夏杨低头,从相识的第一天,一直到刚刚的那一刻,她把过去的日子全部想了一遍,这才做出肯定的回答。

"很好,他对我一直很好。"

夏杨的母亲一直观察着夏杨的神色,当然也没有错过她脸上那些细微表情的变化。

良久,她摸摸夏杨的头:"看来是真的很好。"

她从夏杨很小的时候,就一直宠着惯着,会满足她的一切正当要求,也会在某些地方告诉她一些道理。但讲述的时候很少,大多时候,她都在对自己的女儿表达父母的爱。

或许在很多人看来,这样的宠惯很容易让孩子骄纵。可她一直是这样认为的,只有这样,才能让她长大之后不被一些小事迷惑,也能够让她分辨得清什么是真正的好,什么又是假意,不容易被骗。

"咦。"夏杨猛地抬头,"所以……"

"所以什么?你们就是谈个恋爱又不是结婚,弄得那么严肃干吗?而且我觉得那个孩子看起来挺好的,也还比较放心。"

夏杨不可置信地看着母亲:"比较放心?这怎么看出来的?"

对着光看了一下自己的指甲，夏妈妈吹了吹，朝自己的女儿勾勾手指，然后在她的耳边轻轻吐了两个字。

"面相。"看到女儿愣怔的样子，夏妈妈显得很开心，"你们什么时候在一起的？"

夏杨挣扎了很久，就是没把"下午"两个字说出来，觉得似乎不太好，最后选了个聪明的说法：" 母上大人，你还记得我从大一就喜欢的那个CV吗？就是我说他是我男神的那个？当年我听着他的歌睡着，还是你帮我收手机的，第二天你还说你也听了一下。"

"所以……是他？"

夏杨使劲点头："是是是！而且他是我学长，我们一个系的……"

夏杨讲了很多事情，有关于十一的，也有关于宋辞的，卧室里，两母女谈了许久，笑声都传到了门外。而环着手臂一个人坐在沙发上的夏父，在听到这声音之后，孤零零望一眼窗外……

今天的月光好冷啊。

5.

蹦到房间把自己摔回床上，夏杨仰躺着，做着游泳的动作，动动手踢踢腿，然后一把抓过来那个滑稽的抱枕，抱到怀里就开始揉。揉了好一阵子才想起来打开手机，果然，宋辞给她发了信息。

——我要不要找个时间，提点儿东西过来正式见一下叔叔阿姨？

夏杨捂着嘴偷笑：如果你想的话。

但不一会儿又想到什么，她追加一句：不过，不用这么快吧？

用自己多年以来看电视的经验分析了一下，夏杨想，一般来说，好像都只有要结婚的时候，才会说什么提着东西正式见面，而他们真正在一起，其实也就是今天而已。

大概是从那句话里读出来了夏杨的意思，宋辞半真半假地回道：我也觉得很多事情不必太快，所以我叫的是叔叔阿姨，不是爸妈。虽然这都是迟早的事情。

隔着屏幕，夏杨都能感觉到某个人带着点小坏，崩了平时形象的笑。她有点儿想吐槽，最后却只对着手机做了个鬼脸。

——好了，逗你的。我就是想先和叔叔阿姨熟悉一下，至少让他们对我稍微能够了解，这样，以后等我真正准备好了，才能够让他们放心把你交给我。至于时间什么的，等多久都没关系。

小区外边的花树早已过了花期，木叶萧瑟，实在是有些冷，寒风如刀，割了枯叶就往下卷，不是什么美好的画面。可夏杨透过玻璃窗往外看，却什么不好的都没有看见。她只看见霓虹灯珠把远方的天际画出斑斓颜色，虽然因为夜深而变得有些暗，却也给人一种五彩祥云的感觉。那上边，大概站着一个盖世英雄，准备去迎娶谁。

什么乱七八糟的。夏杨捶了一下自己的头，停止散发脑洞。

说来奇怪。

有些人相处很久，越久越厌，可有些人的感情历久弥新，唯一的考虑，便是害怕时间不够，无论什么时候回头，都觉得相伴还不久，这样的日子，可以再过个五百年。可他们的基点都是一样的，最开始都有过心动，也都有过携手白头的信心。

时间不能说明一切，可愿不愿意等，实在又是一种考量。

夏杨趴在枕头上，下巴被挤成一条线，软软地堆在一起，脸看起来更圆了，此刻，她的眼睛亮晶晶的。

她说：那我和你一起等，你等我，我也等你。

Chapter.11 ——

他家小蠢羊怎么样都
是对的

1.

房间里，夏杨的母亲端着一盘切好的水果，在吃着的同时享受着被捏腿的服务。

和在外人眼里严肃刻板的形象不同，面对自家老婆的时候，夏父总是喜欢念叨："今天走得这么多，腿疼吧？就说了要坐车，你看看脚后跟都磨出水泡来了……"

"其实还行。"喂过去一块苹果，夏母忽然把话题扯到了宋辞身上，念了几句之后，一下又笑出来，"看你这一晚上失魂落魄的，你女儿还没嫁呢。"

"就是觉得太突然了，小杨还那么小，都没个准备。"

夏母毫不留情地拆穿:"你当年要死要活赖在我家的时候,我爸妈也没准备。"

夏父被噎了一下:"这不一样啊,我多靠谱……"

"得了吧。哪个第一眼看到你的人不觉得你吓人的?动不动就板着脸,当年我爸妈还担心你会家暴我。"放下水果盘,夏母瞪了身边人一眼,"至少人家看起来是比你有礼貌多了吧,气质也干干净净的。"

一直把女儿当小孩的夏父依然纠结:"可是……"

"我就是觉得,从那个孩子的眼神里能看出来,他很在乎小杨。而且刚刚我在网上把他的信息了解了一遍,感觉也还不错。你知道不?他就是你女儿喜欢的那个,该怎么说来着?反正在网上会给人配音唱歌。"夏母叹一口气,"给人家一个机会呗。"

说是这么说,但好不容易养大的小白菜被人家连窝端走的感觉还是不开心。

夏父不说话,手上的动作却没有停,继续给自家老婆按着腿。

"刚刚回来看到家里这么干净,你不觉得挺意外的?"夏母若有所指,"而且,我们总是不在家,有人照顾小杨的话,以后出去玩也放心一点儿不是?"

夏父只要不笑,看起来就像是在生气,就像大家说的,他就是长了一张凶脸。

然而,他实在是个没脾气的汉子,就算是在这个时候,也只会嘟嘟囔囔:"可我怎么觉得,以后出去玩更不放心了呢?"

夏母又瞪他一眼，夏父这才举手投降："好好好，听你的……"

"这还差不多。"

室内灯色暖融，窗外风轻星光浅，一个晴夜。

最初的时候，宋辞搬到这里的目的，是为了更方便处理自己的工作。

到底是创业初期，又是新人，没什么资历又不符合专业，前期准备都做得困难，更别谈地面渠道。成立工作室远没有想象中那么轻松，要考虑的、要做的事情复杂繁多，经常让人觉得乏累。

只是，每回夏杨问起，他从来都没说过。

直到今天。

"学长，你最近是不是很忙？"

微博不更新、"可听"的@不转发、YY也不挂着，就连眼皮底下都出现了黑眼圈。哪怕依然是这样轻松的模样，若无其事地笑，但疲累这种东西是掩饰不过去的。

"是有点忙，最近的事情很多。"宋辞也没想到她会突然问这个，"怎么了？"

夏杨摇摇头："就是觉得你好像没有休息好的样子。"

小区里边，两个人沿着石板路走了一会儿，之后坐在小花园的长凳上，头顶是暗白色的街灯，灯罩外边围着许多飞虫，因为离光近，被染出了一身亮色，星星点点散在周围。

"如果你休息的时间不够，其实不用这样每天抽时间陪我。"

"的确，最近每天都很累，可陪你是我唯一缓解压力的方式。你不让我来的话，看不到你，我倒下去了怎么办？"

原本想说的关心话被哽了一下，夏杨忽然不知道该接什么："但你总是这样，身体……"

"我明白你的意思，等回去，我会好好休息。从以前到现在，我一直都觉得这份坚持很重要，这是我要做一辈子的事情，所以我在这上面花了很多时间。可现在，出现了一个比它更重要的。"宋辞握住夏杨的手，"虽然觉得年轻可以拼一拼，但也要从现在开始注意保重身体，毕竟我还得陪你一辈子，保护你爱护你，不能让你受一点委屈。"

宋辞以前一直以为，喜欢一个人就是喜欢，想对她好而已。却是现在才发现，除此之外，喜欢一个人，也会不敢出意外，生怕那个人会因此怎样，也不愿意辜负了她的担心。

"那你现在就回去休息。"夏杨的语气很是坚持。

被拽起来的时候，宋辞有些哭笑不得。

他们最近的相处方式是怎么了？不是说女孩子都喜欢浪漫和陪伴吗？怎么到了他们这里，莫名就过成了老夫老妻的感觉？

可是走在前面的女孩子握着他的手，不管不顾地把他往回拉，什么也不说，执意要他回去休息、多睡觉。有风把她散着的头发带到他的面上，在划过脸颊的时候，带出一阵酥痒。

　　夏杨在前边扯着人往回走，嘴唇抿着，身后的一股力道将她猛然向后拖，她还没来得及惊呼，就落到了某人的怀抱里。

　　她许久无法回神，呢喃道："你怎……唔……"

　　剩下的话被吞进了宋辞的唇齿之间，化成一阵含混不清的细碎声音。他一手揽住她的腰，一手扶着她的后颈，指尖缠绕着她墨色的发。这个吻和平时偶尔蜻蜓点水的小温暖不一样，也不知道他今天是怎么了，带着攻城略地的意味。可是，夏杨却在这个时候分了个神。她迷迷糊糊地想到，这个人好像总是这样，能够把很强势的动作，做得很温柔，像是一汪暖池，让人甘心沉溺。

　　大概是察觉到了她的走神，他在她的下唇轻咬了一下。

　　"在想什么？"

　　夏杨皱了皱眉，不一会儿又舒展开来，抬手环住他的脖子："想你。"

　　"是吗？不是哄我的？"宋辞微微扬唇，"我就在这儿。"

　　"在这儿也想你。"

　　闻言，宋辞笑了笑，声音有些低，却笑得胸腔都像是在轻轻震动："你这样说，会让我恨不得现在就娶了你。"

　　夏杨眨眨眼："你不是说早晚的事嘛，着什么急。"

　　"说是这么说，但有时候还是会着急的。"宋辞略作沉吟，"毕竟有些事情，结了婚比较好做。如果是现在，叔叔阿姨可能会不放心我。"

微微一愣，很快回过神来，夏杨又一次从耳朵尖尖红到了脖子，整张脸都变得粉粉的。可宋辞却像是得了趣味，更不肯停下。

他凑近她的耳朵："尤其在看见你害羞的时候，这种想法总是更加强烈一些。"

耳朵边上的气息温温热热，夏杨伏在他的肩膀上，不肯抬起头来。想的却是，自己以前是不是都没看清过这个人？

说好的高冷大神呢？说好的清冷公子音呢？说好的三好学长呢？好好的人设说崩就崩，哼，没想到你是这样的十一大大。

然而在心底哼哼唧唧一阵之后，她忽然又想起了什么。

"不对啊，你不是该回去休息吗？你是不是在转移我的注意力？！"

完全不在意料之内的反应，宋辞不由得怔了怔，原本带着些暧昧的气氛被她这一句话破坏了个干净。他叹一口气，摇摇头，重新又被扯着往前走。

不过……

宋辞在后边弯了眼睛。他家小蠢羊，怎么样都是对的。

2.

从寒假到开学再到第一个阶段的课程结束，这个时候，距离宋辞毕业，只剩下三个月。随着时间的推进，宋辞最近越来越忙，原本只需要在网上进行筹备的配音工作室，它的前期准备完成之后，轨道也延续下来，到了地面上。

夏杨原来就一直担心他太拼不休息，到了现在，更担心了。

可担心归担心，除了嘴上说说，却并没有别的办法。在她受伤的时候，宋辞还会过来照顾她，给她做饭，帮她收拾。可他忙起来，她却什么都没有办法帮他做，难得下厨煮个粥，煮完以后，自己看了都瘆得慌。

就像母上大人说的那样，那锅粥，大概跳进锅里潜水下去都找不到米吧。

到了最后，还要宋辞过来摸摸头安慰她……

好气哦，自己怎么会这么没用呢。

和大四的全年实习期不一样，大三的夏杨依然要上课，虽然文化课停了一些，专业课却一节不少。

趴在画架前边，夏杨整个人都被抽空了，心不在焉地调着颜色，而且还是别人盘里的。就在她沾着花青要去碰那边挤出来的白粉的时候，终于被人拦住。

"我说，你要玩就玩这儿，别玷污我的白色成吗？请保持它的纯洁。"颜料碟的主人扶起夏杨转个圈，把她转向另一边，"这个笔洗随便你怎么蹂躏，乖一点儿哈。"

教室另一头的梁缇柳听见这样一番对话，不禁转了眼珠，把笔随便洗一洗就跳过去。

抽着鼻子凑近她,梁缇柳的语气很是故意:"哎呀,我们家夏小杨最近这是怎么了?我好像闻到了思念的味道。"说着说着,她几乎就要唱出来,"思念是一种很玄的东西,如影随形……"

"一边儿去。"夏杨伸手推开她的脸,然后转个身,重新瘫倒在另一边铺着毛毡的桌子上,只是不再去碰那个装着白色颜料的碟子。

梁缇柳伸出手,一下接着一下点着她的脑袋:"我说你至于嘛,不就是老大最近谈投资去了隔壁市吗?过几天不就回来了?看你这一脸丢了魂的表情……出息呢……"

"出息那种东西啊。"夏杨的声音含混不清,语气却满是坚定,怎么听怎么叫人觉得理所应当,"你什么时候见我有过?"

梁缇柳表示这话没法儿接。

"呃"了几声之后,梁缇柳又打起精神:"话说你有看可听的群消息吗?"把夏杨往另一边挤着,坐在那条凳子上,她玩着夏杨的头发,"后天晚上你去不去啊?"

夏杨趴在桌子上,只是抬起了眼睛:"去哪儿?你们又线下聚会?"

"什么线下聚会?是你的广播剧要发了,这几天各个网站都在宣传,代码君累死累活的,一个主角一个原作都不出现,你们也是够了。"梁缇柳摸着她的发尾,忽然扯了一下,"然后大家决定,后天发剧的同时,开个歌会。群里都讨论几天了。"

夏杨瘫着玩手机:"没看到啊,你什么时候说的?"

"聊天信息，历史记录。"

夏杨打开群，有一下没一下地往上翻："多久以前的历史啊，我都翻不到……"

"算了算了不用翻了，我告诉你就行。"

梁缇柳做轻抚狗头状："那个歌会，老大也会去坐个镇，他虽然暂时回不来，但在歌会里，你也可以借着它解一解你的相思之苦不是？而且好歹是你的剧，你必须得来吧。"

在听到这句话的时候，夏杨的眼睛亮了一亮。这并不是第一次听十一大大的歌会，可后天的话，大概是她第一次听她家十一大大的歌会吧？

嗯，那个人，现在是她家的。

"来来来，当然来！"

夏杨满脸兴奋地回答，如果不是梁缇柳按着她的肩膀，她几乎就要跳起来。而后者的脸上满是嫌弃，眼睛里却闪过几分精光。

"那就这么说定了，我可是通知到了的。对了，到时候我有事，不会在寝室，你自己千万别忘了。"

夏杨翻着白眼。

心想，她怎么可能会忘呢？那可是她家十一大大的歌会，期待都还来不及呢。

3.

期待、期待，再乘以一个期待。

从听到歌会的那天起到现在，整整三天的时间，夏杨一直都在期待，以至于早早就挂上了YY，然后看着公屏里各种刷屏。这一次主打的是广播剧，然而，"可听"的成员却来得比任何一次都要齐，甚至还有一些其他社团的大神大触们也聚了过来。

眼看着在线人数越来越多，夏杨抑制不住开始紧张，就像之前的每一次一样。手机挂着小号，电脑登着大号，夏杨开始各种用手机花痴。

反正没有人知道，跟着大家凑热闹也挺好的。

——十一大大还没有出现吗嘤嘤嘤迫不及待！

——十一大大到底在哪里，感觉已经等了两个世纪，宝宝心里苦。

——嗷嗷嗷，十一大大上线了！感觉自己要窒息！

小号刷得正欢，蓦然接到私信。

十一：窒息？

夏杨一愣，第一反应就是确认一下自己有没有掉马甲，在确定没有的时候，忽然就生出几分恶作剧的想法。

她抱着手机打字：对啊对啊，十一大大，我敲喜欢你的！看到私信好激动，窒息的感觉更严重了呢！

十一：别闹。

夏杨心底一毛，这个语气……

果然，很快十一回复：小蠢羊。

夏杨：……

不对啊，这个小号藏得好好的，他是怎么认出来的？！对着手机浑身僵硬，此刻的夏杨觉得自己宛如一个智障。

然而，她还想垂死挣扎一下：小蠢羊是谁啊？感觉不认识的样子……

那边没有再回复，只是登上麦序，在主持人的调侃里，开始自我介绍。

"大家好，我是十一。"

那个声音有些沉，声音的主人大概是疲累，所以说话的时候也带着一丝慵懒的意味。可是，微压的嗓音加上不刻意的慵懒，对于声控而言，还真是要命。

夏杨摸摸自己被撩得发热的脸，在公屏里跟着排队，敲出一句"大大好"。

而屏幕另一边的人，在看到公屏之后，低笑一声："晚上好，谢谢你们能来。还有，某只小蠢羊，晚上好。"

这一瞬间，夏杨忽然有种心脏被什么东西射中了的感觉。

说来其实有点儿奇怪，明明是每天打电话的人，明明已经是很熟悉的声音，可是，在听到的时候，还是会觉得心动得厉害。这是为什么呢？

大概，是太喜欢了吧。

夏杨没有再说话，反而是公屏上开始刷起一系列的"yoyoyoyoyoyoyo……"，偶尔有几句怒斥虐狗、没有人权的话，也很快被淹没在"yo"的海洋里。

十一从来没有刻意说明自己和咩上的关系，只是，也从没有刻意掩饰过，微博和网站里的各种互动，早已经说明了一切。

夏杨在最开始的时候，其实有些担心，觉得粉丝之间会不会出现什么问题，可事实证明，大家都是真爱理智粉，虽然有哭唧唧的反应，但大多数还是祝福。这样的反应倒是让夏杨有些意外，却也忽然觉得，这个世界上的善意和温暖，真的比想象中多太多。

主持人恰时开口："十一大大最近是不是有点不正常？"

"哦？"宋辞像是疑惑。

"我记得以前的十一大大不是这样的呀。"主持人故意放软了声音，然而，一个叔音的糙汉子，就算放得再软也还是有些奇怪，"难道不应该沉默不说话、遇到人不搭理什么的，才是十一大大吗？"

公屏：

求骨头叔不要卖萌！

2333333333 遇到人不搭理……十一大大才不是那么冷漠的人！

骨头叔别卖萌 +1，糙汉子克制住自己好吗？

天哪，这声音……原来骨头叔的心里住着一个小公举？

……

主持人骨头叔以前也是一个CV，只是后来因为说自己太忙，没时间接新剧，于是一直处于半退圈的神隐状态。为此，他的迷妹们还伤心了好久。

倒是没有想到，他会来客串今晚的主持人，说起来，这个阵容还是有点强大的。夏杨在电脑前面笑得几乎倒下去，完全没想过，如果只是一个广播剧新剧发布，哪里用得着请这么多大神。

而麦序上的十一在沉默一阵之后开口："那大概是因为以前我还是单身。"

公屏：

猝不及防，一把粮迎风而来，冷冷地在我脸上胡乱地拍……

别骗人了！这不是我的十一大大！

为什么这年头来听歌会都要被虐，来来来，看我的火把！

……

自己在电脑前傻笑了一阵，夏杨笑着笑着，又听见麦序上十一的声音："火把？可惜，看不见。"

同时，这里有咩不吃草的留言一闪而过：好巧哦，以前我也是单身。

十一："对啊，好巧。"

这样几句对话过后，公屏上更加闹腾了，嬉嬉闹闹好久才安静下来。而安静下来，是因为歌会开始了。

4.

　　夏杨知道，现在的宋辞是在另外一座城市里。可大概是声音和感觉都太近，于是，她不由自主地生出一种错觉，好像他就在她的身边。

　　抱着被子靠在床头，夏杨把笔记本放在腿上，慢慢闭上眼睛。虽然他不在这儿，但听着他的声音，一首接着一首，也有一种相伴的微妙感觉。

　　只是没有想到靠着床头休息的夏杨，竟然会睡着了。

　　都说日有所思夜有所梦，也许是最近的日日夜夜都在想他，夏杨毫不例外地梦到了宋辞。其实都是鸡毛蒜皮的小事，哪怕是梦，她也没有梦得多么轰动。但就算那样，就算只是站在一起随口聊着天，也还是觉得很满足。

　　满足得让她不禁开始怀疑，没有他的从前，她是怎么过来的呢？

　　夏杨以前一直不想谈恋爱，觉得两个人的日子，一定不会有一个人这么舒服和自由。现在却发现，那时候的自己真是想多了。现在啊，却是一个人的时候，就开始有些小烦恼，总觉得好像哪里不完整，总觉得生活里缺了一块重要的东西。

　　没有谁离开谁就过不下去，可是，过得就是不如在一起要来得开心。

　　"最近三次元的事情有些忙，今天这场歌会大概是我这个阶段举办的最后一场，开场的歌是送给陪在我身边的你们，后面的，都想唱给那一个人。"

宋辞对着话筒这么说，可是，那边始终没有答复，一句话都没跳出来。甚至，他唱完几首歌，那边依然没有什么话跳出来。

"老大，按照我对她的了解，估计她是睡着了。"梁缇柳环着手臂严肃道。

宋辞："……"

那今晚的计划还能进行下去吗？

"老大你放心，我现在就去叫醒她！你现在直接过来我们寝室门口就好，有我在，妥妥的！"

说完一拍宋辞的肩膀，梁缇柳扒开挡路的李慕渊一溜烟就跑出去，而被推得一个踉跄的李慕渊顺着那个力道就扑到了邵梓琛怀里，一脸的无辜加卧槽。

把人扶起来，邵梓琛没有管他，反而转向宋辞："用那几天的时间把事情处理完，跑回来，也真是够可以的。只是，果然，你可能不太适合玩惊喜。"

宋辞："……"

摩挲着手机，宋辞叹一口气，重新打开麦。

"小蠢羊，你醒了吗？"

——小蠢羊，你醒了吗？

伴着这句话同时响起的，是夏杨寝室里巨大的开门声。或者不夸张地说，这哪里是开门啊？分明是强盗持刀破门而入啊！

从睡梦中噌地一抖弹起身子，如果夏杨是一只猫，这个时候，她应该已经炸毛了。

"夏杨你果然睡着了！"梁缇柳爬上她的床，拿开电脑，拉起她就往外走，"走走走，动作快点，歌错过了没关系但待会儿万一……"

夏杨还没有完全清醒就被梁缇柳拉了出去，她双眼迷蒙，声音也含含糊糊："干什么？"

"你等会儿就知道了。"

梁缇柳加大了力气，甚至恨不得扛着她走，然而到底不是真正的金刚芭比，要扛起夏杨，也实在是有心无力。

"等会儿就知道了"这句话，果然，梁缇柳没有骗她。只是，当夏杨出现在寝室门口，看见不远处树下含笑的宋辞，她依然有些不敢置信。

梦里的人，梦醒过来，就见到了……

可是此时的夏杨低头看一眼自己枚红色的睡裤，忽然有些想哭，然后转头就走，只是没想到梁缇柳一把拉住她的衣领："你干吗？"

夏杨哭唧唧地捶她："你让我去换个衣服。"

"男子汉大丈夫不拘小节，去吧皮卡丘！"

梁缇柳毫不留情，一把将她推了出去。

对于这种意外，夏杨表示，心好累。

5.

"噗!"

这是宋辞见到她以后,发出的第一个声音。

夏杨耷拉着脸:"学长,想笑就笑,别忍了。"

说是这么说,但如果宋辞真的笑出来,她一定转头就走,再也不要见到他。这个想法最开始只是冒了个头,却在"可听"的成员从后边冒出来的时候,面粉一样,发酵成了一大块。

心不累了。

想死,真的。

宋辞揉揉她的头:"很可爱。"

明明只是哄弄的语气,却看不出半点儿说谎的痕迹,似乎在宋辞的眼里,他是真的觉得眼前的女孩子可爱。

"骗人。"

夏杨嘟囔着,脸上却满是甜蜜。虽然在刚才,小别重逢的喜悦和惊喜被身下枚红色的睡裤给冲淡了一些,但在他帮她整理头发的时候,它们又重新燃了起来。

也是在这时候,她忽然反应过来一件事情。

这样的阵容,这样的架势,这样的突然出现……

"学长,你这样出现在这里,是……"

宋辞自然而然接过她没有说完的话:"是你想的那样。"

夏杨一怔，好半晌才再度捡回自己的反应。明明嘴角都咧到耳朵上了，却还努力装作不在意的样子。

"可是，没有玫瑰花也没有巧克力的……"

说是这么说，可其实，除了他之外的东西，她都不在乎。

这种感觉很奇怪，也许，在很多人看来，这只是一个小惊喜，只是见一面而已。但夏杨却不这么认为。

寝室楼遮住了一片星光，有很浅的投影，可他站在月辉下边，被染出一身清雅的颜色。看着眼前的人，夏杨想，管他别的什么东西呢，有他就好。

这样一个人，他喜欢自己，已经是一件不真实的事情，哪里有心思想别的啊。

"的确是没有来得及准备，我错了，原谅我好不好？"宋辞凑近她，微微躬身。

他很高，平时夏杨和他说话的时候，都得仰着脖子，可现在的这种姿势，两个人却几乎是平行的。

"但是，我准备了这个。"他笑笑，拿出一个小盒子，"你看看，合适吗？"

你看看，合适吗？

夏杨顺着这句话，低头，深蓝色的小盒子，打开，墨色的天鹅绒上，静静躺着一枚戒指。很简单的款式，上边镶了一排碎钻，低调不张扬，却又极其富有存在感。

"这……"

宋辞牵过她的手，把那枚指环套在了她的中指上。

"我想过了，也许未来的日子还很长，很多事情都不用着急。可我在这上面缺少耐心，就算能忍，至少让我先把你定下，好吗？"

戒指都套上了，还问好不好的，有用吗？

夏杨努力压着嘴角，却是怎么都压不下来，最终放弃了，朝他摊开手。

"那你的呢？我也要把你定下来。"

如愿得到属于他的那一枚，戴在他的手指上，接着顺势扣住了十指。

站在月辉里的少年，将他的女孩从寝室楼下的小片投影中牵了出来。

相扣的两只手上，有浅浅光色，比那星月更加闪亮一些。然而不管是怎样的光色，最终都被收入了眼睛里。

四目相对，笑意深深。

都说"永远"是不可见的，可如果那两个字真有模样，大抵，就是现在这一刻。

这一瞬间，夏杨忽然想到前几天他们聊天的时候说过的几句话。

无聊的聊天，无聊的废话，却是哪一番对话里，都能找到动心的痕迹。

宋辞：听说有缘的人不论如何最终也会走到一起。

夏杨敲下：那无缘的呢？

那边微微沉默：那不关我们的事。

七个字，很短，却又极具说服力。

再一次对着手机笑弯了眼睛，夏杨在按键上敲敲敲敲，发送之后，她伸了个懒腰，走到窗前推开窗。

寒冬过去，万物复苏，花树也有了苏醒的痕迹，抽出枝芽，青嫩的颜色和地上新生的小草儿一模一样。其实只是一件小事，在她眼里，却异常美好。

这样的世界，有阳光，有生气，有他，再过五百年都不会厌。

被丢在一边的手机还停在聊天的页面，而最后一句话，是她刚刚发的。

——嗯，我也觉得。还有，今天也超喜欢你。

- 全文完 -

番外一
当小蠢羊变成了喵

1.

这是在夏杨和宋辞几乎已经变成"老夫老妻"的时候发生的事情。

夏杨毕业之后,宋辞的工作室也几乎成型,当两个人都稳定下来,在一起什么的也就顺理成章了。而在一起之后,他们养了一只猫。

那是一只小小软软的白色布偶猫,像个团子,放在水里就会化掉一样。宋辞叫它小蠢羊,而夏杨瘪瘪嘴,叫它十一。

夏杨对它很是钟爱,每天抱着不撒手,睡觉都让它横在两个人中间。记得第一次在被子里发现它的时候,宋辞正好洗完澡,看见已经进入熟睡中的夏杨,微微笑笑,准备从后面抱上去……

却没想到摸到了一手的毛。

与此同时,一个小脑袋从被子里拱了出来,粉色的小肉垫对着他的手就是一拍,奶声奶气一声"喵呜",牙齿却露了出来,像是想把他吓走。

这样下来,甚至让宋辞都生出了怀疑……

自己当初,是不是就不该同意她养猫来着?

这样的想法每天都要在他的脑海里转几遍,尤其在某天早上起来的时候,更加深了。

这只猫……

宋辞望着双脚站立在落地镜前的小布偶，认真思考。

不是说好的，建国之后不能成精吗？

2.

望着镜子里的人……啊不，猫，夏杨有些茫然。

只是还好，还好她现在看不出表情。

毕竟谁能在一只猫脸上看清楚表情？！

颤颤悠悠伸出爪，夏杨在镜子上按了按，触手是一片冰凉，而镜子里的影像却没有改变。接着，她摸摸自己的脸，摸摸耳朵，摸摸胡须……

天了噜，天寿啦！

这是不是女巫的诅咒？她好像变成了一只猫！

"喵呜……"

"小蠢羊？"

夏杨浑身一颤，回头，正看见朝着自己走来的宋辞。

他弯下身子，一把捧住了呆怔的它，满脸奇怪。

"你怎么了？"

还没来得及喵几声，床上的人忽然有了动作，是"夏杨"伸着懒腰，弓着背四肢朝下从被窝里爬了出来。也许是还没睡醒，她迷迷糊糊开始舔自己的手，然后用手抹脸，甚至还保留着身为猫时候的习性，把脚搭在头上想自我清理。

夏杨望一眼那边，又望一眼宋辞，忽然整个人都不好了。于是奋力一跃，死死扒住他的头，挡住他的眼睛。

不活了，没脸了，要死了。

与此同时，床上那只在舔了几下发现口感不对之后，立马就转向了传来动静的这边。接着，整个人以猫的姿态石化在了当场。

内心活动：Σ(ﾟ △ ﾟ|||)}

3.

就这样，日子一天天过去，夏杨过上了举头三尺有鱼干的生活。

偶尔抬头，就能看见在电脑前搜索着"如果一个人变成了猫应该怎么样才能变回去"这个问题的宋辞。如果是在从前，夏杨一定会觉得这样的行为相当有病，可现在……

她忧郁地左爪搭右爪。

如果变不回去了怎么办？夏杨舔着小肉垫揉揉脸，一低头猝不及防就被毛茸茸的自己萌到了，连耳朵都在抖。接着，抱着自己的尾巴尖尖，乐了一下午。

宋辞在又一番搜索无果之后，转身就抱起了猫咪夏杨。

在最开始的时候，因为放心不下这样的她独自在家，他有带过她去工作室，一边工作一边照顾。可是小奶猫太可爱，总是逗得大家抢着抱。

女孩子就算了，但是……

在某一次，他工作完，发现夏杨在李慕渊的怀里睡得迷迷糊糊的时候，脸色忽然发青。接着把猫抱过来就走，而跟在后面委屈巴巴的李慕渊，却被他无情地丢给了邵梓琛。

"想抱的话抱这个，别动我的猫。"

李慕渊虽然不知道发生了什么，但看见这样的宋辞，还是什么也没有说，只是暗自扯着邵梓琛念了几句，又在宋辞的眼神扫过来的时候闭紧了嘴巴。

从回忆里回过神来，宋辞已经习惯性在帮她顺毛了。

而小奶猫一脸的享受，看起来似乎很开心。

他家的小蠢羊，不管什么时候都是没心没肺的，就算变成这样，好像也只苦恼了一天，在键盘上啪叽啪叽打完字和他交流完之后，就自己玩了起来。

重重叹一口气，宋辞狠狠揉了夏杨的后颈一把。

"你啊，都不着急的吗？"

夏杨摇头，当然着急啊！她也很委屈的……吃饭拿不了筷子什么的真是特别不习惯。可这不是没有办法吗……

虽然怀里的小猫努力表现出焦急的模样，但那微微眯起的眼睛却出卖了她。

宋辞一个没忍住又叹了口气。

说不定,她现在还觉得很新奇好玩吧?

忽然,像是想到了什么,宋辞扬唇。

"这几天,小蠢羊好像都没有洗澡。"宋辞一本正经。

夏杨的脑子一下没转过来弯:"喵?"

宋辞微微一笑,低下头就在小猫的脸上亲了一下,接着,在看见她湿漉漉的眼睛,和不好意思低下头的表情的时候,由心底生出一阵无力感。什么时候能变回来呢?

这个问题他想了很久,可是,着急的好像只有他一个人。

这样不行。

宋辞眼神一凛,狐狸的尾巴慢慢露了出来。

随即,他漫不经心似的:"你……好像也没有洗。"

夏杨:(⊙_⊙)→(⊙□⊙)→Σ(っ°Д°;)っ

"那就一个个解决吧。"

这时候,夏杨终于看清楚他眼睛里噙着的那抹笑,满满的都是不怀好意。

"喵呜——"

小奶猫狠命挣扎,却被一只手稳稳提住后颈上的毛皮,拎到浴室里就开始放水。一边放,他一边对她笑。

"这几天都忘记了,觉得有点对不起我家的小蠢羊,你应该不会怪我吧?"

夏杨欲哭无泪……

大神都是切开黑，古人诚不欺我。

却就是这个时候，夏杨的眼前忽然有一道白光闪过，像是从雾气里迸开的，强得让她几乎睁不开眼睛，下意识就举起爪子开始挡。

而等到光线暗下，夏杨放下手来，她已经不在浴室了。

等到适应了周围的光线，她才发现，自己的四肢好像和平时的感觉不大一样了。夏杨面无表情地摊开手又合上，来来回回反复许多次。

说实话，看惯了一双软软的小爪子，此时的她，反而有些不适应。

"我……变回来了？"

夏杨蜷在客房的被子里，还没从不可置信里回过神，抬头就看见被打开的门。

"小蠢羊？"宋辞从门口走进来，"变回来了？"

夏杨不知道他怎么第一时间就能发现，却也没有多想，甚至都忘记了不久之前他的"恶性"，笑着跳着就蹦到他的怀里。

"我回来了！"

揽着夏杨，宋辞浅浅弯了眉眼，像是松了口气。

分明是温存的语气，说出来的话却让夏杨浑身一颤。

他说："既然这样，那浴室的水，好像放少了。"

夏杨："！"

番外二
一个正经的相性十问

Q：因为篇幅有限，那么，基础的我们就不问啦！直接从后面问起，两位有意见咩？

夏杨摇头："随意啊。"

宋辞："你看着办。"

Q：第一个，两位在相处的时候，对对方会有哪里不满吗？一般是什么事情？

夏杨："一般不会吧……啊，就是有时候，会觉得十一大大和我想象中的不大一样。"

Q：好像嗅到了八卦……哪里不一样？

夏杨摸摸脸，耳朵尖尖有些红："就是，以前觉得十一应该和声音一样，是清冷公子型，高高在上的那种……"

宋辞凑过去揽住她："不满？"

夏杨连忙躲开："不不不，没有不满，这样很好。"

宋辞轻笑："嗯。小蠢羊的话，我没有不满，她不管怎样都很可爱。就这样。"

Q：……

这口粮吃得真是猝不及防。

Q：你们的关系到达何种程度了？

夏杨莫名开始脸红，推了宋辞一把："你说。"

宋辞大大方方揽过她："我希望，六个月后见到的那个孩子，能长得像她。"

Q：捂住小心脏镇定一下，进行下一个……两个人初次约会是在哪里？

夏杨："电影院？"

宋辞："我不能很确定。从我确认了自己心意的那一天起，和她在一起的每一天，好像都和以往不一样了。如果说约会是带着心意和准备的相处，那应该是在很久之前。"

夏杨转向他："很久之前？有多久？"

宋辞笑笑，为她理了理头发："很久了。"

Q：算了，镇定不下来了……我……不行我还是需要缓缓。

【十分钟过去了】

Q：缓过来啦！两个人经常去的约会地点是哪里呢？

夏杨沉默许久："YY？"

宋辞轻笑："家里。"

Q：家里也算？

宋辞："嗯，和她在一起的每一天，都算。"

Q：好吧，十一大大威武，十一大大雄壮，十一大大你说什么就是什么。

Q：转世后还希望做恋人吗？

夏杨："理智上，我觉得就算转世以后，用的还是一个灵魂，但没有了记忆和现在的性情，哪怕有任何一点不一样，都不是一个人了吧？可从感情上来说……就算是这样，我还是希望能够再见到他，还是希望能认识他。哪怕有再多的不一样，宋辞依然是宋辞。"

宋辞："嗯，在遇见她之前，我不相信那些玄乎的东西，遇见她之后，我却信了，有些东西真的是冥冥之中早已注定。同样的，遇见她之前，我没想过前世今生，可现在，我希望人真有转世。到时候，我希望能够早一点遇见她，我们遇见得还是太晚了。"

Q：弱弱地问，十一大大想要多早遇见小蠢羊呢？

宋辞微笑脸，避而不答，只是牵住了她的手："小蠢羊，只有我能叫。"

Q：可怕的占有欲。

宋辞"算了，不玩了。回到之前的话题。我希望，能和她一起长大，能参与她所有的经历，能够占据她所有的回忆。这样可以吗？"

Q：什么时候会觉得自己被爱着？

夏杨似乎有些疑惑："什么时候？没有特定的时候啊，这种东西，不是一转头就能看见吗？"说着转了头，她笑得灿烂，"就像这样。"

宋辞眉眼含笑："嗯，我也是。"

Q：那……下一题。什么时候会让您觉得"已经不爱我了"？等等，这道题有问的必要吗？我用脚指头都能猜对答案！

夏杨："你猜的答案是什么？"

Q：当然是没有这个时候啊！

宋辞："嗯，你的脚指头很聪明。"

Q：……

Q：接下来的这个问题，请咩上大大和十一大大不要打我。咳咳，如果好朋友对您说"我很寂寞，所以只有今天晚上，请……"，你会怎么样？

夏杨："我朋友不多，和我关系最好的是梁缇柳。"

宋辞的表情有些扭曲："李慕渊的话，可以把他丢给勺子。"

Q：假设一下啊……

夏杨＆宋辞："没有假设。"

Q 好的,今天的狗粮也填满了胃……下一个。你有多喜欢对方呢？

夏杨："这个，怎么说呢？就是很喜欢，很喜欢很喜欢。"

Q 据我所知，咩上作为一个写手，描写能力应该不会这么……吧？

夏杨脸上一热："可是，就是形容不出来啊。我也不知道为什么……反正就是这么喜欢！"

宋辞："我也是。"

Q：可……

宋辞："嗯？"

Q：没事，很好，完美，真的。

Q：啊……最后一个了！嗝！请对你的恋人说一句话。

夏杨斟酌许久："嗯，你刚刚说，希望六个月以后到来的孩子长得像我，可我其实希望，他能够像你。"

宋辞："嗯，怎样都好，反正你最重要。那么等会儿回家吃什么？"

夏杨眯着眼睛笑："听你的。"

宋辞揉揉她的头："好。"

|小花阅读|
【一生一遇】系列第三季

《云深结海楼》
晚乔 / 著
标签：声控福利 | 大灰狼吃定小蠢羊 | 小心翼翼 VS 徐徐图之

有爱片段简读：
宋辞：听说有缘的人不论如何最终也会走到一起。
夏杨敲下：那无缘的呢？
那边微微沉默：那不关我们的事。

七个字，很短，却又极具说服力。
再一次对着手机笑弯了眼睛，夏杨在按键上敲敲敲，发送之后，她伸了个懒腰，走到窗前推开窗。
寒冬过去，万物复苏，花树也有了苏醒的痕迹，抽出枝芽，青嫩的颜色和地上新生的小草儿一模一样。其实只是一件小事，在她眼里，却异常美好。这样的世界，有阳光，有生气，有他，再过五百年都不会厌。
被丢在一边的手机还停在聊天的页面，而最后一句话，是她刚刚发的。
——嗯，我也觉得。还有，今天也超喜欢你。

《忆我旧星辰》
鹿拾尔 / 著
标签：沉沦黑暗的昔日精英 | 意料外的相逢 | 危险恋人 | 巅峰对决

有爱片段简读：
辛栀张了张嘴，老半天才涩声说："为什么帮我？"
向沉誉静了一瞬，双手插兜兀自轻笑了一声："大概是疯了。"

向沉誉一直绕着弯地说苏心溢的事情，却不提秦潮礼，这是他一直在回避的问题。
他倏地转头定定看着她。今晚月光皎洁，而她的眼底映衬着满天星光，唇不点而红，和……四年前那个夜晚一模一样。
他轻笑一声，微微俯身，喉咙一紧，嗓音里带了些喑哑的味道："你说呢。"
辛栀不躲不让，也直直望入他的眼睛里，心脏却骤然漏跳了一拍。

《遥不可及的你2》
姜辜 / 著
标签：装高冷丈夫 | 易炸毛小妻子 | 我们今晚不吵架，好不好？

有爱片段简读：
何昭森走进主卧，夜灯所散发出的暗蓝色像潮水一般静谧地涌到了他眼前。
尽管步子已经放得很轻很轻，但何昭森还是看到于童在一片模模糊糊的混沌中，把手从被子里拿了出来，然后，她开始慢吞吞地揉眼睛——这是她要醒来的前兆。
"我把你吵醒了？"他站在原处。
"没有，是我自己没睡好——"于童有气无力地回应着，她本来是想坐起来说话的，但努力了好几次，最终还是塌陷在柔软的被褥中，"不过你大半夜私闯民宅干什么？"
"私闯民宅中的民宅，指的是他人的住宅，可是于童——"雪白的羊绒地毯彻底吞噬了何昭森的脚步声，他停下来，顺势坐在了于童的床边，"这是我家。"

《幸而春信至2》
狸子小姐 / 著
标签：谁动了我的大叔 | 年龄差很萌 | 暗恋成事实 | 婚后再相爱

有爱片段简读：
菜一上来，肖默城慢条斯理地吃着，将大半的菜都推到苏晚面前："今天好好地吃一顿，让你知道，我们家什么都能吃得起，免得总是想着别人家的东西。"
"肖叔叔，我错了。"苏晚看着眼前的东西，眼神哀怨地认着错。
"吃吧。"肖默城浅笑着说，"慢慢吃，我不着急的。"
明明应该是很温柔的样子，可是看在苏晚眼里就像是戴上面具的魔鬼，肖叔叔生气原来会这么严重。
看着肖默城铁定了心的样子，苏晚只好委屈地吸着鼻子，扁着嘴哀怨地开始吃，她上辈子到底是造了什么孽，她现在恨不得肖默城把她打一顿，也好过这样。
到时候C市的头条会不会吊唁一下她这个被撑死的女人啊。

《林深时见鹿3》
晏生 / 著
标签：腹黑医生失忆 | 顾氏夫妇撒糖 | 第二次爱上你 | 甜蜜完结

有爱片段简读：
"阿生——"
"嗯。"
"阿生——"
"嗯。"
"阿生——"
"嗯。"
"宋渝生——"
"我在。"
"现在的你，是我的幻觉吗？"
宋渝生轻轻拍抚她弓起的背脊，掌心之下瘦骨嶙峋。
几秒之后，他终于伸手，回抱住她，向来沉静的心绪被她这一竿子搅得翻天覆地，连自己也不知道为什么会这么心疼。
"不是，"他拥着她，轻轻摇晃身体，似慢慢哄着一个未长大的孩子，"我是真的存在。"

图书在版编目（CIP）数据

云深结海楼 / 晚乔著． －－ 贵阳：贵州人民出版社，2017.3（2020.1重印）
ISBN 978-7-221-14016-6

Ⅰ．①云… Ⅱ．①晚… Ⅲ．①长篇小说－中国－当代 Ⅳ．①I247.5

中国版本图书馆CIP数据核字(2017)第047735号

云深结海楼

晚乔 / 著

出版统筹：陈继光
选题策划：大鱼文化
责任编辑：唐 博
流程编辑：唐 博
特约编辑：层 楼 曾雪玲
装帧设计：刘 艳 孙欣瑞
封面绘制：月 静
出版发行：贵州人民出版社（贵阳市观山湖区会展东路SOHO办公区A座505081）
印　　刷：三河市华东印刷有限公司
开　　本：880×1230毫米 1/32
字　　数：167千字
印　　张：8.125
版　　次：2017年4月第1版
印　　次：2017年4月第1次印刷
　　　　　2020年1月第2次印刷
书　　号：ISBN 978-7-221-14016-6
定　　价：35.00元

版权所有 盗版必究．举报电话：策划部0851-86828640
本书如有印装问题，请与印刷厂联系调换．联系电话：0731-82755298